ジャン・クリストフ物語

ジャン・クリストフ物語

ロマン・ロラン 原作
宮本正清 翻案

水声社

『ジャン・クリストフ』との出会い

野崎歓

『ジャン・クリストフ』はぼくにとって、読書の喜びに目覚めさせてくれた一冊だ。小学校三年か四年のときの出会いだったと記憶する。

何冊もある分厚い岩波文庫版を読破したわけではない。そのころ気ままに読んでいた「少年少女世界の名作文学」の一巻に収められていた、子ども向けのリライト版である。とはいえ、当時のぼくにとっては十分、大長編といえる分量だった。

ところが読み出してたちまち引き込まれ、途中で止められなくなった。読み終わったとき、両親も弟たちももう寝てしまって、家の中がしんと静まっていたのを覚えている。その静けさの中で、ひとり感動に浸った。いま解説するなら、読書という孤独な営みがどれほど内面の充実を与えてくれるかを思い知ったということになるだろうか。もちろん、そのときそんなふうに考えたわけではない。遠い外国の小説がとても身近なものとして迫ってくる。そのことの不思議さにただびっくりしていたのだった。

主人公ジャン・クリストフの放つ魅力にあてられたところが大きかったと思う。孤独で、我が強く、反抗的で、融通がきかない。およそ親の期待する子ども像とはいえない。だがその分、強烈なまでに純粋だ。必死に生き、何かをつかみ取ろうとする意欲をむき出しにしている。傷つき、打ちのめされ、また立ち上がる。

ひょっとすると大人以上に、子どもこそ、その姿に心を揺さぶられ、共感できるのではないだろうか。

少年少女向けの抄訳、リライト版のもつ大きな値打ちがそこにある。原作に忠実に訳していないものを、子どもに与えていいのかとの批判があることは承知している。だが、とりわけ『ジャン・クリストフ』のような巨大な小説の場合、原典どおりでは大人でもなかなか読み切れない。短縮版でも作品のエッセンスを伝え、読者に忘れがたい印象を与えることは可能だ。自分の経験からしてそう断言できる。

ひとむかし前、日本には『ジャン・クリストフ』の熱心な読者が山ほどいた。図書館で借りたくてもつねに貸し出し中だったと回想するフランス文学者もいる。いま、宮本正清・宮本ヱイ子の名訳が再刊されることの意義は大きい。この一冊は大切なバトンだ。若い読者のみなさんが、どうかしっかりと受け取めてくれますように。

（東京大学名誉教授・仏文学）

目次

本書は、ロマン・ロラン原作『ジャン・クリストフ』から、宮本正清が翻案したものを、宮本ヱイ子が補訂したものです。

カバー図版および挿画……フランス・マスレールによる版画。『ジャン・クリストフ』第一巻（一九二五年）の挿絵より。

あけぼの

I

1　誕生

河のとどろきが家の裏手から聞こえてくる。ひびの入った窓ガラスの上を雨のしずくがするすると流れ落ちている。うす黄色い光も弱まって、部屋のなかは生温かでほの暗い。生まれたばかりの赤ん坊はゆりかごのなかで動いている。お祖父《じい》さんのジャン・ミシェルは戸口で木靴を脱いで足音をしのばせ、そっと入ってきたが、赤ん坊はもう泣き出した。母のルイザは自分のベッドの外に身体をかがめて赤ん坊をあやそうとする。そしてお祖父さんは、赤ん坊が暗がりで目を覚まして怖がらないように、手探りでランプの灯をつける。

すると、その灯火は、ごましおまじりの硬い口ひげをはやした老人の赤ら顔を照らし出した。気むずかしそうな眼光鋭い顔つきである。ルイザは赤ん坊のそばにあまり近寄らないように手で知らせる。彼女の羊のようなやさしい顔はやつれ、青ざめたあつい唇はきりっとむすばれずに、いつもおずおずと笑っている。彼女は、ごく小さい、何ともいえない優しい眼差しで、じっと赤ん坊を見つめている。

赤ん坊は目を覚まして泣く。ぼんやりしたその目が動く。ああ！　どんなにびっくりしたことだろう！　自分を取り囲む息づまるようなうじゃうじゃした闇の恐怖、にわかに強いランプの光、ぬっと自分にのしかかった大きな顔……何もかも得体の知れぬものばかりであった！　あまりの怖さに泣き出す力もなく、目も口も開けたまま、まるで釘づけにされたように、喉の奥であえぐように呼吸をしていた。「いやはや！　なんて醜い子だろう！　まるで赤鬼の児のようだ」と老人はしかたがないという調子で言った。

ルイザは叱られた小娘のように口をとがらせた。それをちらっと見て取ったジャン・ミシェルは、笑い声で「まさかお前さんだってこのわしからきれいな子だと言ってもらいたいのではあるまい？　お前さんだってそうは思っていまいが。なあに、なにもお前さんのせいじゃない。赤ん坊なんて、みんなこんなもんさ」

光の不意打ちに打ちのめされていた赤ん坊は、はじめてわれに返ったように泣きはじめた。母は手を差し伸べて「抱っこしてください」と老人に言った。彼はいつもの通り、まず理屈から始めた。「赤ん坊というものは、泣いたからと言って、言いなりになって甘えさせちゃいけない、泣くなら泣かせておけばいいのだ」

そうは言ったものの、老人は子供を抱きあげながらつぶやいた。「こんな赤鬼のような子をわしは見たことがない」ルイザはせかせかと子供を抱きとると、自分の胸に押し当てた。そして恥じ入ったような、また嬉しくてたまらないような微笑《ほほえ》みを浮かべて我が子を見つめていた。

「まあ、かわいそうに、坊や！　お前はほんとうに赤鬼の児なんかね。なんて醜いんでしょう！　でも、母ちゃんは、お前がほんとうにかわいいのよ！」

ジャン・ミシェルはストーブのそばへ戻って、不機嫌な顔つきで燠《おき》をかき立てはじめたが、どこかに隠しきれない微笑みを浮かべていた。

「なあにお前、そんなに心配していても始まらないよ。日がたてば変わるものだよ。それにそんなこと、かまうことがあるかい？　この子に望むことはたったひとつだ。ただまじめな人間になってくれ、ということだけだ」

子供は温かい母の体に触れると機嫌を直し、美味しそうに喉をならしてお乳を飲んでいる。お祖父さんは椅子にかけ、反り身になって、

「まじめな人間ほど立派な者はない」

と、熱心にくり返した。そしてしばらく黙ってなにか考え込んでいたが、やがて腹立たしげにたずねた。

「お前さんの夫がここにいないとは、どうしたことだ？」

「劇場にいるでしょう、稽古がありますから」と、ルイザはおずおず答えた。

「劇場はもう閉まっていた。わしは今、あの前を通って来たところだ。また、あいつ嘘をつきやがって……」

「いいえ、あの人を責めないでください。わたしの思い違いかもしれません。どこか出張稽古で引き留められているに違いありません」

「それにしても、もうとっくに帰っていていい時だろう」

老人の機嫌が悪くなった。ルイザは声をしのばせ、すすり泣いた。

「あんな酔いどれを倅《せがれ》に持つなんて、何の因果か知らないが……、わしはいったい好運をもたらす神さまにどんな悪いことをしたのだろう？　わしは一生涯、なにもかも我慢して暮らしてきた……。お前さんはあれのふしだらを止められんのかな！　それが女房の役目じゃないか？　お前さんさえ、あれを家へ引き留めておけば！……」

ルイザは肩を震わせ、声を立てて泣いた。

「わたしをもう叱らないでください。わたしもほんとうに苦しんでいるんですから！　できるだけのことを尽くしてきたつもりです……」

ルイザは痛ましそうにすすり声をあげた。老人はそばへ寄って、太い手をルイザの頭にかけて、

「さあ、さあ、心配しなさるな。わしがいるからな」

ルイザも赤ん坊のために気をとりなおし、笑顔を見せようと努めた。

「あんたもかわいそうだ、あの男はあんたにもよい贈り物じゃなかったな」

「わたしの過ちでございました。あの方はわたしなんぞを妻にする方じゃございませんわ。

今では後悔していられるのですわ」

「何を後悔しているって？」

「お父さまもごぞんじですわ。ご自分でも、わたしがあの人の妻になったと言って、ご機嫌がお悪かったのですもの」

「その話はもう止そう。実のところ、わしも少しは心外だった。あいつのような青年、わしが丹精込めて育て上げた評判のいい音楽家で芸術家、——そういってもお前さんの気を悪くすることはあるまいが——それが身分の違う、音楽もできないお前さんよりは、もっと他の娘をもらってもよかったはずだよ。クラフト家の者が、音楽もできない娘と結婚するということは、百年あまりも昔から例のないことだからね！　そうかといって、わしは、知ってのとおり、少しもお前さんを悪く思っていないし、それどころか気心が知れてからは、愛《いと》しゅうさえ思っているのだから。それに結婚というものは一度してしまえば後には戻せないものだから、まじめにめいめいの務めを尽くすだけさ……そうだろう」

二人はもう言葉を交わさなかった。

ジャン・ミシェルはストーブのそばで、ルイザはベッドのうえに座ったままで、二人とも悲しい物思いに耽った。老人にはさすがに、息子の結婚のことが情けなく思われた。ルイザもやはりそのことを考えて、自分を責めていた。彼女にはみじんも罪はなかったのに……

彼女はジャン・ミシェルの子息、メルキオール・クラフトとの結婚で世間を驚かせたとき、召し使いをしていた。クラフト家は富裕でこそなかったが、老人が五十年昔に移り住んできたこのライン河岸の町では尊敬されていた。親子代々音楽家で、ケルン、マンハイム界隈の音楽家にはよく知られていた。メルキオールは宮廷劇場のヴァイオリニストで、

ジャン・ミシェルは、昔は大公家のオーケストラを指揮していた。彼は息子に大きな期待をかけていた。自分が果たせなかった分、息子を優れた芸術家に育てたかった。それだけに、メルキオールの結婚は老人には言いようのない屈辱であった。永年の望みも打ち砕かれてしまった。最初はメルキオールやルイザに当たり散らし、ののしりの絶え間もなかったが、根が善良な老人だけに、ルイザの性格もよく理解するにつれて、嫁をゆるす心も生じ、父親らしい情愛さえも感ずるようになった。もっともそれはそっけなく表わされはしたが……

いったい何がメルキオールをこの結婚に押しやったのか、誰ひとり知る者はなかった。ルイザは美人というのではなかった。小さい身体、血色の悪い貧弱な娘のどこにも人を魅するものはなかった。もし、メルキオールが優しい気持ちの持ち主でもあるなら、ルイザのつつましい優しさに心惹かれたとでも推測されようが、彼は傲慢この上もない男だった。しかしルイザと生涯の誓いをしたとき、メルキオールは酔っぱらっても、正気を失ってもいなかった。人間のうちには、精神でも心でもない、感覚でもない、もっと他の力、神秘の力が潜んでいて、その暗闇のなかで指揮棒をふるっている何かが在るのだろう。メルキオールもきっとそういう力に遭遇したのだろう。

ある夕暮れに河岸でひとりの娘に行き逢った。葦《あし》の茂みのなかに並んで座って、何故とも知らずにその手を取った瞬間、彼女のおずおずと彼を見つめる眸《ひとみ》の奥底に、まるで宇宙に吸い込まれるように……

結婚早々からメルキオールは失望した。それをルイザに隠しはしなかった。ルイザはただ詫びるばかりだった。メルキオールも悪人ではなかったので、ゆるすのだったが、すぐまた悔恨にとらえられた。そしてルイザにつらく当たった。家に帰る夫の顔はいつも暗かった。夜が更けるまで居酒屋に入り浸って、自分の満足と他人に対する一種のゆるしを探し求めるのだった。この頃ではげらげら笑いながら戻ることもあったが、ルイザには、それが昔の暗い悔恨にもまして痛ましく思われるのだった。メルキオールは一日一日と泥の深みに入っていった。平凡な彼の技能を磨くためには、休む間もなく精進すべき年齢なのに、彼は坂を転げ落ちるように転落し、その地位も人に奪われてしまった。

しかし、そんなことが、メルキオールをして、音楽とは無縁な貧しい娘に接近させた神秘な力にとってはどれほど意味があったことだったろう？　メルキオールはやはり天からの使命《ミッション》を全うしたのである。そして、幼いジャン・クリストフがその運命の芽を育《はぐく》みはじめたこの地上に足を踏まえるために生まれてきたのであった。

赤ん坊は母のそばに寝ていたが、また身動きを始めた。これまで感じたことのなかった苦しみが体の奥底から湧き上がってきた。彼は必死に逆らってみた。体をねじった。両手のこぶしを握り締めた。眉をしかめた。痛みは静かにじりじりとつのってきた。彼は悲しげに泣きはじめた。母は優しい手で愛撫した。すると苦しみはずっと和らいでくる。しかし彼はなおも泣きつづけた。なぜなら、苦しみは自分のすぐそばに、自分の中にあると感じていたから。「よしよし、もういいの、もう泣くんじゃありませんよ、いい子だからね」

2　教会の鐘の音

聖マルタン教会の鐘が静かに鳴り、夜のしじまに響きわたった。その音はゆるやかに、荘重に、雨に湿った大気のなかへ苔を踏むようにたどっていった。赤ん坊はぴたりと泣きじゃくりを止めて、黙ってしまった。妙《たえ》なるその楽の音は和やかにお乳の波のようにこの子の身体に流れ込んだ。闇夜は明るくなり、空気は柔らかで温かくなった。痛みは消え、心は微笑みをもらしはじめ、ほっとした安堵の吐息とともに快い夢の世界へ誘われていく。三つの鐘は静かに鳴りつづけ、明日の喜びを告げる。ルイザも同じくそれを聞きながら、過ぎた日の貧苦や、自分の脇にすやすやと眠る赤ん坊の行く末などを思いめぐらせるのだった。彼女は激しい疲労を覚えた。顔も手足も体じゅういたるところがほてっていた。赤ん坊の顔をうす暗がりで見つめているうちに、ついうとうとすると、熱に浮かされたような人の顔が幾つも彼女の頭をかすめていった。メルキオールがドアを開ける音がしたように思って震えあがった。ときどき、河のとどろきが暗闇の静けさを破って野獣の吠えるように高まって聞こえてきた。雨あしに叩かれたガラス窓が、また二、三度、震え声をあげた。鐘の音は雨にさえぎられるようにかすかに響き、ルイザも子供のそばで眠りに落ちていった。

　このときジャン・ミシェル老人はひげもびしょびしょに濡らし、雨と寒さにぶるぶる震えながら家の前で待っていた。酒に身を崩した息子の

帰りをこうして待ちわびているのだった。泥酔のために世間に起こった悲惨な出来事が次々と老人の心のなかに思い浮かんでくるのだった。まさかそんなことは起こるまいと思いながらも、わが子の姿を一目見ないでは、家に帰ったところで一晩中、まんじりともできそうもなかった。自分の長年の希望も裏切られたことを思えば、同じ鐘の音ながら老人の心には悲しく響いた。今の今、こんな時間に、自分の子供がしているであろうろくでもないことを想像すると恥ずかしさのあまり泣いた。

月日の波は果てることなく緩やかに流れ去る。昼と夜はいつも変わることなく、大洋の潮の満ち干のように高くなり低くなって、週も月も崩れてはまた始まる……

記憶という島の影が、人生の川の流れの上に表れはじめ、魂の闇のなかから不思議にもはっきりとしたものの姿が浮かび上がってくる。

この川の流れ……鐘の音……どれほど遠く時を隔てても、生涯のいつ思い出してもその妙なる声は懐かしい響きを伝える……

夜――うとうととしているとき……ほのかな明りに窓が白む……川はとどろいている。

しんと静まりかえったなかに、その音だけが声のようにとどろき、人間どもの上に君臨する。あるときは人々の眠りに優しい愛の手をさし伸べ、自分自身も川波のささやきのままにまどろむように見え、あるときはたけり狂う野獣のように吠える。怒号が静まると限りないやさしさのこもったささやき、白銀《しろがね》のひびき、朗らかな小さな鐘のように、幼な子の笑い声のように、歌いさんざめく優しい声、音楽である。永久に眠ることもない偉大な母の声！　その声はこの幼な子を眠らせる。幾百年の間、誕生から死まで幾代となく、人の子らを寝つかせたように……そしてその声は、自分の思想をしみこませ、自分の夢を浸し、その流動のハーモニーの外とうを纏《まと》わせて、ラインの水に洗われる河岸のささやかな墓場に眠るときまでも包むのである。

やがてあけぼのとなり、鐘は四方に鳴り響き、しめやかに、憂いがちに互いにうったえるように、応えあう。そのゆるやかな声のような音にのって数々の夢、過去の夢、亡くなっていった人々の希望、欲望や悔恨がそっと首をもたげた。それは、この子供には知られるはずもなかったが、幾百年の追憶がこの音楽のなかにふるえていた。その響きに耳をすますと爽やかな大気のなかを朗らかなさざ波がわたり、自由の小鳥が翔《はね》をはばたき、涼しい微風が仄かに流れるように思われた。

3　はじけるいのち

青空の片隅が窓に微笑みをもらし、一条の陽の光がカーテンを透かしてベッドに射してくる。

幼いクリストフの眸に、毎朝目覚めるたび、周囲に見えるなつかしい小さな世界が開ける。彼は苦心の末やっとそれらの一つ一つを理解し、その名を覚えるのだった。それ、ごはんを食べるテーブルがある。かくれんぼうをして遊ぶ戸棚がある。よちよち歩く床の敷石がある。いろんなこわい昔ばなしや滑稽なおはなしをしてくれる壁紙のしわや、彼だけにわかる片言でぺちゃくちゃしゃべる時計がある。この部屋のなかになんとどっさり物のあることだろう！　何もかも知らないものだらけだ。彼は毎日この未知の世界の探険に出かける。何ひとつつまらぬものはない。一人の人間も一匹のハエも同じ値打ちである。何でも同じように生きている。猫でも、火でも、テーブルでも、日光のなかで踊りまわっているチリ屑でもみんな同じである。お部屋は国である。一日が一生である。世界は広く大きいし、自分の影はちょっぴりだ。わからないくらいに、いろんな顔、いろんな姿、いろんな声や音が自分の周りに渦を巻いている。クリストフは疲れる、眼をつむる、眠りに落ちていく。心地よい深い眠りが、どこでも、母さんのお膝の上でも、テーブルの下でも不意に彼をとらえて、ぐっすりと眠らせるのである。

こうした幼い日は麦畑のように、大きな雲影が流れて風に揺られる森のように、クリストフの頭のなかで鳴り響く……

雲影は去って太陽は森に入る。クリストフは一日の生活の迷路に自分の道を探りはじめる。朝、父も母も眠っている。彼はちっちゃい自分のベッドのなかに仰向いたままで、天井で踊っている光の線を見つめる。限りもないおもしろさだ。ふと、げらげらと大声をたてて、聞くものの心をさっと押し開くようにあどけなく笑う。と、母さんが顔を出して、「どうしたの、またおかしなチビちゃん、クリ坊！」と、声をかける。なにしろ見物人ができたんだから。父さんの眼をさまさせないようにと、母さんは厳しい顔をして幼な子の口に手をあてる。だけど母さんの疲れた目も笑っているんだから仕方がない。母と子で囁《ささや》きを始める……だしぬけに激しく父さんが怒鳴る。二人は身震いする。母さんは悪さをした少女のように、慌ててあっちへ向いて狸寝入り、クリストフは夜具にもぐりこんで息を殺す、死のような沈黙……しばらくすると、夜具の下にちぢこまっていた小さい顔がひょっこりと現れる。屋根では風見が回っている。樋《とい》を走る水の音。朝の祈りの鐘が鳴る。東の風が吹くたびに河の向こう岸の村々の鐘がそれにこたえて鳴り渡る。つばめの群はさえずり、鳩は煙突のいただきでグルグルと鳴いている。それらの声にいい心地になったクリストフは、こっそり低い声で歌い出す、ちょっと高くなる、ますます高くなる、大声に、……とまた父さんの声が怒鳴り立てる。

「こらっ！　ロバ(お馬鹿)め、まだ止めんのかッ！　待て！　耳を引っこ抜いてやろう！」

で、またふとんのなかにもぐり込む。彼は笑っていいか泣いていいかわからない。怖くもあり、恥ずかしくもある。が、また自分がロバにたとえられたかと思うと、ふきだしたくなる。ふとんの下でロバの鳴き声を真似てみる。と、今度はぴしゃっときた。体じゅうの涙を流して泣く。が、どうしたんだろう？　笑いたくって、動きたくってしようがない！　それなのに自分は動いてはいけないのだ。いつまでも眠っていて、どうする気なのだろう？　いつになれば起きてもいいのだろうか……

クリストフはお祖父さんと教会へ来ている。退屈だ。どうも具合が悪い。動くといけないという。そして、みんな口を揃えて何かつぶやく。が、自分にはいっこうわからない。みんなしかつめらしいむずかしい顔をしている。いつもの顔とちがう。おっかなびっくりでクリストフはそれを眺めている。お隣りのリナ婆さんは自分と並んで座っているが、どうも意地の悪そうな顔つきだ。自分のお祖父さんでさえ、ときどきよその人かと思われる

くらいだ。少々怖くなる。そのうちになれっこになる。すると退屈まぎれにありったけの手段を考える。体を揺すぶる。首をねじって天井をみつめる。しかめつらをする、お祖父さんの服を引っ張る。自分の椅子の藁《わら》を調べてみる。指で穴をあけようとする。鳥の鳴き声に耳をそばだてる、顎《あご》が外れるほどの大あくびをする。

急に滝に打たれたような大音響。パイプオルガンが鳴り渡る。おののきがクリストフの背筋を走る。彼は振り返って自分の椅子の背に顎をもたれさせたままで、じっとおとなしくしている。彼にはこの音響は少しもわからない。ただそれはきらめき、渦巻く。何も見分けることはできない。しかし、いい気持ちだ。自分が一時間も前から退屈な古い建物のなかで具合の悪い椅子にかけていたことなどすっかり忘れてしまう。自分は小鳥のように空中にいる。音響の川が会堂の端から端へと流れわたり、円天井に満ち溢れ、四方の壁に砕け散るとき、自分もその響きと一緒に運ばれ、あちこちと羽ばたいて飛びかけるようだ……自由だ。幸福だ。太陽は照り輝く。

クリストフは家の土間に座って、両手で足を抱えている。彼は四角い靴拭きをお舟に、床の敷石を川と決めたところである。自分の座っている敷物から一歩でも出ると溺れることにした。けれど、大人は誰もそんなことには構わず部屋に入りこんで邪魔をするので彼はたいへん不満である。彼は母さんの服の裾《すそ》をつかまえて引き止めた。「母ちゃん、ここは水だと知ってるくせに！　橋を渡らなくちゃいけないよ！」橋というのは菱形の赤い敷石の間の小溝である。

母さんは耳もかさずに行ってしまう。クリストフはそれが大いに不満である。そんなことも次の瞬間にはけろりと忘れている。敷石はもう川ではない。その上に腹ばいになり、顎を石にぴったりくっつけて、自作の歌をどなりながら、よだれまみれのおや指をしゃぶって、敷石のひびを見つめている。菱形の線が人の顔みたいにしかめつらをする。小さな針の穴が次第に大きくなる。ついには大きな谷になる。その周囲には高い山が幾つとなく聳《そび》えている。百足《むかで》が這《は》う。それが象ほど大きいのだ。雷も落っこちるにちがいない、が、それは他の者には誰にも聞こえないだろう。

誰もクリストフにかまってくれない。彼もひとりぼっちでいいんだ。靴拭きのお舟も敷石の洞穴も要らなくなる。自分の体だけで十分だ。なんと楽しい泉なのだろう！　何時間でも自分の爪をみつめている、げらげら笑いながら。爪ってやつはめいめい違った顔つきをしていて、自分の知った人たちになんだか似ているようだ。クリストフは彼ら一同に話をさせてみる、踊らせてみる、喧嘩をさせてみる……なんて不思議なことばかりだろう。

4　楽しく懐かしい追憶よ

お祖父さんはよく夕方の散歩にクリストフを連れていってくれた。幼い少年は手を引かれて老人の脇をちょこちょこと小走りに歩いた。耕された田園のなかの道を通ると、心地いい野の香りがいっぱいだった。こおろぎたちは演奏会を開いていた。

お祖父さんは咳払いをした。「また始まるんだね」クリストフはそのサインがよく分かっていた。お祖父さんはお伽ばなしをしたくてたまらないくせに、クリストフの方から、「ねえ、おじいちゃん、おはなしして！」とねだってほしいのだ。クリストフだってそれを見逃しはしない。大の話好きのクリストフだもの。そこでいわずと知れた相談はすぐまとまる。老人には孫のクリストフは目に入れてもいたくない。だからそのかわいい子が熱心に聴いてくれるのが何よりも嬉しい。お祖父さんは自分の生涯の出来事からはじまって、昔から最近までの偉い人たちの身の上について物語る。

　話に実が入るにつれてお祖父さんの声はだんだん調子づいて強く高くなる。それを抑制しようとしながらもお祖父さんは子供のような喜びにひたっていく。相手が夢中で聞きいっていると思うとなおさらだ。身振り、手振り、つい、声までふるえ出す。ところが残念なことに、いざしゃべるとなると、いい文句が見つからない。いつもながらがっかりする。肝心の話の山へ差し掛かると、お祖父さんはいつでもひっかえしては出なおす。

　話のタネはどういうものかというと、アルミニウス、『リュッツオウの狩人』、ケルナー、そしてナポレオン皇帝を殺そうとしたフリードリヒ・シュタープスなどであった。そして、いよいよ話が面白いところまで来ると、ぴったり口をつぐんでのどが詰まるようなふりをして鼻をかむ。そこでクリストフのじれったそうな声が「それから、おじいちゃん？」とくれば老人の心はホクホクものなのだ。ところで、ある日、お祖父さんの話を聞くこつを理解したクリストフは、意地悪く話の続きに冷淡な様子をした。それには老人も閉口した。といってもそれはつかの間のことで、子供は、お祖父さんの話し上手の魅力にまったく心を奪われていた。

クリストフにとって、あまり嬉しくないことは、お祖父さんが悲痛な物語の真っ最中に、もう嫌になるほど聞き慣れ、暗記したお説教めいた話をお添え物のように付け加えることだった。それは、「温和は暴力に勝る」とか「名誉は生命より尊い」とか「邪悪になってはならぬ、善良にならなければならぬ」といったような教訓的な話だったが、いつもは少年の心を善良な考えに戻すのだけれど、少し複雑だった。クリストフは深い尊敬の念で聞いた。お祖父さんは雄弁家だと信じていたが、少しうるさかった。

老人も子供も、全ヨーロッパを一手に征服したコルシカ島の英雄ナポレオン皇帝の華やかな伝記を愛していた。お祖父さんはナポレオンを知っていた。彼と戦争をするところでさえあった。しかし、敵ながらナポレオンは偉かった。こんな偉人が、ライン河のこちら側に生まれるためならば、自分は片腕を一本折ってもいいと嘆賞していた。ナポレオン征伐のときだった。お祖父さんたちのドイツ軍は敵陣に十里足らずの地点を正々堂々と進軍していた。ところが、森のなかで、どうしたことか急に慌てふためいて、隊伍は乱れ、口々に「謀反《むほん》だ、謀反だ！」と叫びながら逃げ出した。お祖父さんは必死になって逃げる兵を押しとどめようとした。お祖父さんは逃げる兵の前に身を投げ出し涙を流して訴えたり、脅かしたりしたがそのかいもなく、逃走する大きな人波に一緒に押し流されてしまった。翌日は戦場から遠い地点まで退却していた。

だが、クリストフはもっと華々しいナポレオンの勝利や征服の話を聴きたかった。数もしれぬほど大勢の人々を従えている敬愛の歓声が上がる一挙一動が、いつも浮足立った敵軍に潰乱《かいらん》の渦巻きを起こす――その光景が目に見えるようだ。まるで不思議な仙女の物語のように……

暑さの厳しいときには、クラフト老人は木陰に座って昼寝をするのだった。クリストフはそばで、ごろりと仰向けに寝そべって、雲たちの駆け足を眺める。牛のような格好の、大男のようなの、帽子のようなの、婆さんのようなの、広漠とした景色のようなの……クリストフはささやきで彼らと話を交わすのである。でっかい奴に今にもひと呑みにされそうな小さな雲の身の上が心配になってくる。まっ黒や、群青色、それにあまり速く飛んでいく奴だと怖い。雲だって、人の生活にはずいぶん大切なものだと思う。それなのに、お祖父さんも母ちゃんもいっこう注意しないのがクリストフには不思議でならなかった。

お祖父さんの昼寝があまり長いと、あんぐり口をあけたお祖父さんの顔を不安そうに見つめている。すると今にもお祖父さんがものすごい姿に化けるのではないかと怖ろしくなる。それでお祖父さんの目を覚まさせようとしていっそう大声で歌う。登っていた石ころの山からごろごろと音を立てて、わざと転げ落ちてみる。あるとき、素敵なことを思いついた。それは、松葉をチビッと、お祖父さんの顔に投げかけておいて、枝から自然に落ちたんだとしらを切ることだった。老人はそれを信じた。クリストフは噴き出した。が、まずいことにはそれをもう一度やってみようとしたことだ。ところが折あしく、手を挙げたその瞬間、お祖父さんの目はきっと見開かれた。間が悪かった。お祖父さんは厳しい顔をしていた。決して他人からもてあそばれることを許さなかった。そのため二人は一週間あまり冷戦状態になった。

散歩の途中で、時折馬車に乗った農夫に出会わすことがあった。お祖父さんと知り合いで、二人は乗せてもらった。馬は飛ぶ。お祖父さんと農夫はしきりに何か話している。二人の大きな膝の間にちょこんとなって、馬の耳の動くのを見ている。耳という奴はなんておもしろい生き物なんだろう。どっちへだって行くんだ。右へでも左へでも、前へ尖るかと思えば脇へ垂れる。そうかと思うとくるりと後に廻る……そのおどけぶりにクリストフはきゃきゃと笑いこけた。そしてお祖父さんにも見せようとつねったところが、黙っておいでと叱られた。

「なぜなんだろう？　あれがおもしろくないのかな？」とクリストフはひとりで考えた。

「大人になったら何にだってびっくりしないいんだ。偉いから何でも知っているんだ……」クリストフは早く大きくなろうと思った。そして自分も好奇心をかくして平気を装ってもったいぶった様子をしてみたかった。

　馬車を下りた老人と少年は、美しい夕陽の光をいっぱいに浴びたライン河の峡谷の細道を辿っていった。いろんな野草が水際まで茂っていた。ポプラの樹はそのしなやかな体の半ばまでも水に浸して、旅ゆく川の水とひそかにささやきあっていた。光はかすみ、空気は清々《すがすが》しく、川面は銀色に笑っていた……

　ああ、楽しく懐かしい追憶よ！　それは思い出の主、その胸のなかに一生快い羽ばたきを立てているのだ！　大人になって後々の旅も、華やかな大都会も、夢のような風光も、愛《いと》しい人々の面影さえも、子供の時のこうした散歩や、毎日窓越しに見た馴染み深かった庭の片隅ほどには人の魂のなかに確かな印象を刻みはしないだろう。

もう閉めきった家の夕暮れである。家……闇や夜や恐怖……未知の恐ろしい、すべての怖いものを防いでくれる住み処《すみか》。どんな悪い敵も敷居をまたぐことはできない。火が燃えている。彼は温かな寝床に入っている。どうして自分はここにいるのだろう？　室内の人の声や昼間見た人の顔が彼の脳裏に混じり合っている。父の弾くヴァイオリンの鋭くまた和やかな音律は宵闇のなかに響いていく。しかし一番嬉しいのは母ちゃんが来るときである。うとうととなっているクリストフの手を取って、低い声で「ねんねこねんねこ」と古い子守歌を唄ってくれるのだ。父ちゃんはそれをさんざんけなすけれど、クリストフはいつまでも聞きあきることはない。呼吸も殺して聞き入る。胸がわくわくする。泣き笑いでもしたくなる。自分がどこにいるのかもわからなくなる。もう愛情でいっぱいだ。小さな両腕を母の首にかけて力いっぱい抱きしめる。

「まあわたしを絞め殺すのかい？」

そういう母の声も笑っている。

FM

彼はもっときつく絞める。どんなに彼は母を愛していることか！　どんなにみんなを愛していることか！　みんな、みんな、すべての物事を！　みんないいんだ、みんな美しいんだ。彼は眠りに落ちていく。ストーブのまわりでこおろぎが唱っている。お祖父さんの物語の偉い人たちの姿が楽しい夜のなかに彷徨《さまよ》う。あの人たちのようにヒーローになる！　そうだ、彼はなるだろう！　英雄なのだ。ああ、生きるってなんといいことだろう！

II

1　クラフト家

クラフト家は、もとは、ベルギーの港アントワープの人だったが、祖父のジャン・ミシェルは、まだ若い頃、はげしいけんかをして、国をとびだした。そして、ライン河に近いドイツの公爵領の小さい町に身をおちつけることになったのは、もう五十年も昔のことであった。優秀な音楽家だったジャン・ミシェルは、音楽好きのこの土地の人々の尊敬を受けるようになった。そして、まもなく大公家の楽長の娘クララ・ザルトリウスを妻に迎えて、この土地に根をおろし、やがて楽長の職を受けついだ。クララはおとなしいドイツ女性で、お料理と音楽を好んでいた。夫婦はおたがいに、愛情と尊敬をもって、仲むつまじく、十五年のあいだ暮らして、四人の子供までもうけたが、クララは死んでしまった。ジャン・ミシェルは深くなげき悲しんだ。それから、ジャン・ミシェルはオッティリエ・シュッツという若い女性と結婚した。オッティリエも、クララと同じくらいよい性質と健康なからだを持っていた。ところが結婚して八年たって、彼女も七人の子供を産んで死んでしまった。全部で十一人の子供が生まれたのに、無事に成長したのは、ただメルキオールだけだった。こうしたうちつづく不幸も、残酷な試練も、ジャン・ミシェルの頑丈な元気な性質をやぶることはできなかった。どんな災難も、彼の心のつりあいを狂わせることはできなかった。

彼は情にあついやさしい心を持った人間だった。悲しいことや陰気なことは嫌いで快活さと明るさとが好きで、子供のように無邪気に笑うのだった。しかし、彼は、自分でもどうにもならない一つの性質を持っていた。なみはずれて怒りっぽいことであった。それは、ところかまわずに爆発した。宮廷オーケストラを指揮しているときのことであったが、公爵の御前もかまわずに、彼は指揮棒を投げだして、楽団員のひとりをどなりつけた。心の中になにも悪気はないのに、楽団員たちに恨まれることになった。そして、彼の楽長の地位もしだいに困難になってきた。それを感じていた彼は、部下がストライキを起こそうとしたときに辞職を申し出た。彼は、自分の奉職の功労にかんがみて職に留まるようすすめてくれるだろうと、ひそかに期待していたのに、なんのこともなく、あっさりと辞職願いは聞きとどけられた。もうだめだ！　彼はもう七十だった。けれどからだは壮健だったので、朝から晩まで町を走り歩いて働きつづけた。出張教授に出かけたり、議論をしたり、無駄話をしたりして、あらゆることに手をだした。それに器用なので、楽器の修繕もやった。改良さえした。ときには立派に直すこともあった。

彼はまた作曲も試みた。自分には才能があると思いこんでいた。だが、その傑作もできあがってみると、みんな悲しむべきものばかりだった。自分の心から生まれた創作だと考えていたのも、他の作曲家たちがつくった断片のつづりあわせにすぎなかった。彼はすぐれた芸術家らしい、感じる力を持っていた。しかし、惜しいことに、それを十分に表現する技能を持っていなかった。

かわいそうな老人！　彼は自分のなかに、美しく力強い種を持っていたけれど、それを花咲かせるときはまだ来なかったのだ！

そこで、ジャン・ミシェルは、自分が抱いていた大きな望みを、そっくり息子の上にかけた。はじめのうちは、メルキオールは、その望みを実現してくれそうに思われたほど、少年時代から音楽のすぐれた天才のひらめきを見せていた。おどろくほどすらすらと熟達して、ヴァイオリニストとしてすばらしい技量をしめし、長いあいだ宮廷オーケストラの人気をひとりでしょって立っているおもむきさえあった。彼はまたピアノやそのほかの楽器もたくみに弾いた。話もじょうずで、風采も、いくらか太ってはいたが、立派で、ドイツでは美男としてとおるくらいだった。ジャン・ミシェルは、この息子の成功を心の中で喜び楽しんでいた。けれども、不幸なことに、メルキオールはものごとについてすこしも考えていなかった。また、ふしぎなことには、メルキオールの態度にも、やっぱりジャン・ミシェルのもっているようなとっぴなはげしい性質があった。はじめのうちは、かえってそれも天才の特質ともみられたが、やがては、そうしたおこないの原因はアルコールだとうわさされるときがやってきた。そして、おろかな結婚をしてからは、彼はしだいに自堕落になっていった。演奏にも身が入らなくなった。自分の技量にまったくうぬぼれていた。けれどまたたくまに、それも失われた。ほかの人が、彼にとってかわって名声を博した。メルキオールにはそれがつらかった。しかしそれにめざめてふるい立つこともなく、かえって落胆のどん底に落ちていった。そして、居酒屋の飲み仲間を相手に、競争者たちをののしっては、胸のむしゃくしゃをまぎらわしていた。それでも彼は父のあとをついで楽長になれると思いこんでいた。任命されたのは、別の人だった。すると、彼は、罰せられたのだと思った。そして、世に入れられない天才を気どった。家庭教授の口は日に日に減ってきた。この数年というもの、生活もいよいよ苦しくなってきたが、メルキオールはそれにもかまわず、あいかわらず自分のおめかしと道楽のために、金を使いはたすのだった。彼は悪い人間ではなかった。むしろ善人であった。自分では、いい父親であり、いい息子、いい夫、善良な人間だと思っていたであろう。だが、それにしては弱すぎた。意気地がなさすぎた。道徳的な勇気がなさすぎたのだった。

幼いクリストフが自分の周囲に起こっている出来事を知りはじめたのは、こうして家庭の事情がいちばん苦しくなっていたときであった。

彼はひとりっ子ではなかった。メルキオールは将来どうなるという考えもなく、妻ルイザに次々と子供を産ませた。二人は幼いうちに死んで、残りの二人は、四歳と三歳だった。メルキオールは子供たちの面倒さえ見ようともしなかったので、ルイザがどうしても出かけなければならないとき、ようやく六歳になったクリストフが弟たちエルンストとロドルフのお守りを頼まれるのだった。クリストフには迷惑だった。しかし、彼は自分が大人として扱われることに誇りを感じた。そしてまじめにその役目を果たした。できるだけ弟たちを退屈させないように自分の遊びを見せてやり、母さんが赤ん坊に話していたとおりを真似てみる。順々に抱きかかえてやる、重くて倒れそうだ、歯をくいしばって頑張りながら弟を胸に抱きあげる。幼いいたずらっ子はずっと抱きかかえてもらいたがる。きりがない。してやらないといつまでも泣いて駄々をこねる。

さすがのクリストフもたまりかねてぴしゃと横面《よこづら》を張り飛ばしたくなる。しかし、「ちっちゃいんだ。彼ら何も知らないんだ」と考え直して、つねられたり、殴られたり、いじめられたりしても鷹揚に構えている。エルンストはつまらないことにも泣きたてた。地団太をふんだ。怒って地面に転げまわった。まったく勘の強い子で、ルイザもエルンストのわがままに逆らわないようにとクリストフに言いつけてあった。ロドルフと来ては、サルのようにいたずらだった。クリストフがエルンストを抱いているのを見ると、すかさず忍び寄っていって、兄の背にいたずらといういたずらをいろいろとやるのだった。また、おもちゃを壊したり、水をこぼしたり、服を汚したり、戸棚をひっかきまわして皿を落としたりすることにかけては天才のようだった。

ルイザは帰宅するとクリストフをほめる代わりに叱りもしなかったが、やっぱり情けなさそうな顔つきで、散らかった有り様を眺めて言うのだった。「クリストフや、お前、お

守りはあんまり上手じゃないね！」

クリストフの面目は丸つぶれだった。彼は情けない思いで、泣き出したかった。

2　くやし涙

ルイザはどんなわずかなお金でも得られるチャンスは見逃さなかった。婚礼や洗礼の祝いの特別な宴会に、雇われ料理人として働いた。

幼いクリストフにはまだ生活の苦しさというものはわからなかった。彼にとって自分の思った通りにならないのは父母だけだった。それもたいていは放任されていたので、さほどしばられていると感じていなかった。それも自分のしたいことを何度でもなすために、一刻も早く大人になりたいとばかり憧れていた。しかし、自分の父母も自分自身のままにならぬ身分だということは夢にも思わなかった。人間には命令する人と命令される人があって、クリストフの両親も自分も、命令する人の方でないことを生まれて初めて知ったとき、彼は我慢ができないほど驚いた。それは彼の生涯のうちで最初の危機であった。

　ある日の午後のことだった。母は彼にいちばんさっぱりした服を着せてくれた。それはお下がりもののお古をルイザが丹念に仕立て直したものだった。彼は母の働いている邸へ訪ねていった。すると、そこの守衛が彼を見つけて保護者らしい口調で、何しに来たかと訊ねた。

　クリストフは赤くなって、口ごもりながら言いつけられていた通り「ミセス・クラフト」に会いに来たと答えた。

「ミセス・クラフト？　ミセス・クラフトに何の用があるかね？」

　守衛はミセスという言葉に力を込めて皮肉に言うのだった。

「お前のおっかさんなのかい？　おはいりな。廊下の突きあたりの台所へ行くとおルイに会えるよ」

　母が他人から「おルイ」と名を呼びすてにされたのが恥ずかしくてならなかった。

　台所には大勢の賄《まかな》い婦たちが騒々しくはやし立てて彼を迎え入れた。恥ずかしいクリストフは、母の股の間にもぐり込んで顔をかくしてしまった。母はみんなに「こんにちは」とお言いと言ったが、それどころではなく、くるりと壁の方に向き直って両手で顔をかくした。ときどきそっと指の隙間から人々の様子を覗いてみた。母は忙しげに立ち働き、賄い婦たちにいちいち注意を与えたり、調理法を説明したりしていた。それを皆熱心に聴いていたので、自分の母がどれだけ重んじられているか、素晴らしい金や輝く銅器で飾られた部屋のなかでどんな役目を演じているかを見た少年の心は、嬉しい誇りでいっぱいだった。

急にみんなのおしゃべりはぱったり止んだ。ドアが開いてお邸の奥さまが入ってきたのである。なんてぞんざいな調子で奥さまが母のルイザに話しかけたことだろう！　母はどんなに謙《へりくだ》った恐縮した様子で返事をしたことだろう！　聞いていてさえ、クリストフは息が詰まりそうだった。彼は見つからないように、そっと隅へ隠れた。しかし駄目だった。奥さまは「この子は誰なのか」と聞いた。ルイザは急いで子供を奥さまの前に連れていって、顔を隠すことのできぬように両手をつかんでしまった。奥さまは驚きおののいている子供の顔を見つめて、はじめはちょっとにっこりしたが、すぐ尊大な様子に戻って、いろいろ尋ねたが、クリストフは黙りこくっていた。奥さまは彼の洋服の具合まで調べた。するとルイザは慌てて洋服を示しながら「たいへん結構になりました」と、言ってしわを伸ばすためにジャケットをぐんぐん引っ張ったので、クリストフは締め付けられて泣き出したかった。母がなぜお礼を言うのかわからなかった。

奥さまはクリストフの手を取って、自分の子供たちのところへ連れて行こうと言った。クリストフは絶望の目を母に向けたが、母はただ奥さまにお世辞笑いしているので、もう助からないと諦めた。そして屠殺場にひかれていく羊のように、しおしおついていった。

庭では悪そうな顔つきをした、クリストフと同じ年格好の男の子と女の子が睨み合いをしていた。クリストフが来たので、二人は気を変えて近寄って、この新米の検査にかかった。奥さまに置いてきぼりされたクリストフは根が生えたように立ちすくんで目をあげる勇気もなかった。二人の子供は二、三歩離れたところにじっと立って、クリストフを頭の先から足の先までじろじろ眺めていたが、やがて肘をつき合って嘲《あざけ》り、笑いだした。とうとう二人は決心して、彼にどこから来たのか、お父さまは何をしているのか聴いたが、クリストフは石のように固くなってうんともすんとも答えなかった。

すると、二人は遊びだした。クリストフは少し安心した。するとお屋敷の金持ちの子はぐっと進み寄ってクリストフの洋服に手をかけた。

「やあ、これ僕ンのだぜ……」

クリストフには何がなんだかわからなかったが、自分のものを他人から俺のものだと言われたのにむっとして、激しく首を振った。ところが少年は言った。

「ちゃんと覚えているさ、僕の古い青の上着さ、ここにシミがついている」

そう言って、彼はそこを指で触った。それからなお検査を続けて、クリストフの足を調べてから、お前の靴の穴は何で繕《つくろ》ってあるのかと聞いた。クリストフは真っ赤になった。女の子が口をとがらせて兄にささやき声で「あれは貧乏人の子よ」と言うのをクリストフは聞いた。彼はこの侮辱した言葉を見事に破れると信じて、絞り出すような声で、自分はメルキオール・クラフトの息子で、母は料理人のルイザだと言い放ってやった。クリストフには料理人という身分はほかの身分と同じく立派に思われた。それはもっともだった。ところが、二人の子供はこの自己紹介を面白がったが、いっこう感心する風もなかった。それどころか一層横柄な調子で、お前は大人になったら何になるつもりだ、料理番かそれとも御者かなどと聞いた。クリストフはまた口をとじた。彼は氷のようなものが心のなかに浸みとおるのを覚えた。

その沈黙に勇気を得た二人の子供たちは、哀れな少年に対して残忍なそして理由もない憎しみを抱いて、何か虐《いじ》めてやるうまい方はないものかと考えた。女の子の方がとりわけ熱心だった。そしてクリストフが窮屈なジャケットを着ているために走りにくいのを見て取って、障害物を跳び越させるというまい方法を考えついた。小さい腰かけで、垣《かき》をこしらえた。かわいそうに、クリストフは具合が悪いので飛べないとは言いだしかねて勇気を出して飛んだが、みごと地面につんのめった。どっと笑い声が彼の周りに起こった。彼はもういっぺんやり直さなければならない。目にいっぱい涙を浮かべて必死になった。こんどはみごとうまく飛び越えた。ところが二人の子供はそれが気にくわなかった。そこで障害が低すぎたのだと言い張って今度は高く高く積み上げた。とても駄目だ！　癪にさわってクリストフはいやだと言った。すると女の子は卑怯者だ、怖いからだとののしった。そう言われてはクリストフも黙ってはいられない。倒れるのを覚悟で飛んで倒れた。両足が

障害に引っかかって、ぐらぐらと一緒に崩れ落ちた。両手をすりむいて危うく頭を砕くところだった。そのうえ、かわいそうにズボンの膝や所々が裂けてしまった。恥ずかしくてクリストフは穴へでも入りたかった。二人は有頂天になって喜び、彼の周りを踊りまわった。彼は自分が軽蔑され憎まれているのを感じた。どうしてだろう。どうしてだろう？いっそ死んでしまいたかった！　生まれて初めて他人の悪さに気のついた子供の苦しみほど惨めなものはない。彼はみんなからいじめられ、誰も助けてくれないと思うのである。もう何もない！　クリストフは起き上がろうとした。すると、館の子供たちはクリストフを倒した。少女は足で彼をけった。再びクリストフは立ち上がろうとした。今度は二人は同時に背の上にのしかかって、彼の顔を地面に擦り付けた。激しい憤りが彼をとらえた。あまりと言えばあまりだ！　両手は焼けるように痛い。いちばんきれいな服は裂けた。もう彼には大災難だ！――恥、悲しみ、不正に対する抗《あらが》う心、すべての不幸が一時にどっと狂おしい激怒に溶け込んだ。彼は四つん這いになって犬のように身を震わせて迫害者どもを払いとばした。また襲いかかってくる兄妹めがけて頭を低く下げてつかみかかり、いきなり女の子の横っ面にビンタをくらわし、拳固をかためて男の子を花壇のまんなかへ投げ倒した。ワッ！　と泣き叫びが起こった。兄妹はひいひい泣きながら家のなかへ逃げ込んだ。奥さまが駆けつけてきた。彼は逃げようともしなかった。自分のしたことに恐れおののいていた。とんでもないことだ。罪を犯してしまった。しかし彼は少しも後悔しなかった。待っていた。もうだめだ。もうおしまいだ。

奥さまは彼にとびかかった。彼はぶたれるのを感じた。奥さまが狂ったような声でののしり騒いだ。しかし、何を言っているのかわからなかった。この騒ぎに、使用人、賄い婦たちもみんな出てきた。ルイザも駆けつけて来た。ところが、クリストフを助けてくれるどころか、ぴしゃっぴしゃと打ちはじめた。まだ理由も聞かぬうちに！　そしてお詫びをしろというのだ！　彼はむきになって嫌だといった。ルイザは一層激しく彼を揺さぶった。そして、とうとう手を取って奥さまと子供たちの前に曳きずっていってひざまずかせようとした。クリストフは地団駄を踏んで吠え立て、母親の手に噛みついた。

張り裂けそうな胸、怒りと、打たれたために炎のように真っ赤になった顔をしてクリストフは帰っていった。彼は考えまいと努めた。そして、道では泣きたくなかったので、足を早めた。思う存分泣くためにうちへ帰りたかった。のどはつまった。彼はわっと泣き出した。とうとう家に着いた。黒ずんだ古い階段を駆け上がり、川に向いた一つ窓の小部屋へ息を切らせて身を投げ込んだ。涙がぼうぼう流れ出した！　どうしてこんなに泣くのか、自分にもわからなかった。けれども泣かずにはいられなかった。はじめの涙の波がほとんどおさまってしまった後にも、彼はなお泣いた。彼は自分を苦しめるために一種の激しい怒りをもって泣きたかった。いまにも父が帰ってきて母がすっかりわけを話してしまうだろう、それで、悲しみはこれだけで終わらないだろうと思った。彼はどこかへ逃げ出そうと決心した。どこでもいい、もう二度と帰ってこないように。ちょうど彼が出かけようとしたとき、父が帰ってくるのにぶつかった。

「何をしているんだ、わんぱく小僧、どこへ行くんだ？」

彼は答えなかった。

「何かいたずらをしたな。何をしたんだ？」

クリストフはがんこに黙っていた。

「何をしたかと言っているんだ。返事をしないか？」

子供は泣き出した。父は怒鳴りだした。そして二人ともしだいに激しくなった。階段に

ルイザの慌ただしい足音が聞こえた。ルイザはまた激しく叱って平手で打った。メルキオールもわけを聞いて、牛でも殴り殺すほどの力で殴った。両親は怒鳴り、子供は泣き叫んだ。夫婦は同じように怒って喧嘩を始めた。メルキオールは息子を殴りながら、クリストフの方が道理が正しいんだ、だから金さえあれば何でもできると思っている奴なんかの邸へ働きにいくのが間違いなんだと言った。ルイザも子供を叱りながら夫の乱暴を責めて、あんたにはこの子に手も触れさせはしない、あなたが子供にけがをさせたのですと言った。実際、クリストフは鼻血を出していた。けれども彼はそんなことには気もつかなかった。とうとう、クリストフは暗い片隅に押し込められ、夕食もいただけなかった。クリストフは父と母が怒鳴りあうのを聞いた。彼は両親のうちどっちが憎らしいのかわからなかった。それは母の方が憎らしいようにも思われた。なぜなら、彼は母があんな悪いふるまいをしようとは夢にも思っていなかったからだ。昼間の不幸がひととき彼を苦しめた。あ

の子供たちの不正、奥さまの傲慢な不正、父母の卑屈な不正——ことに生傷のように痛く感じられたのは、あんなにも自慢していた、自分の父母が、あんな人の悪い、つまらない人の前でも頭が上がらないということであった。父母を尊敬する心、他人を愛し、他人からも愛されたいという天真爛漫な望み、これまで信じていた一切のものが、心のなかで動揺した。一切が崩れてしまった。幼いクリストフは、身を守る手段も、逃げる道もなしに、暴力に押しつぶされてしまった。

彼は息がつまった。死ぬかと思われた。壁を拳固でたたいたり、足でけったり、頭をぶつけたりしながら泣き叫んだ。そしてけいれんにおそわれて倒れ、家具にあたってけがをした。

子供の眼のなかにたまっていた驚くほどの涙の蓄えを最後の一滴まで泣きからしてしまうと、クリストフはいくらか胸がすいた。

けれど、疲れ切っていたのに神経がいら立っていたために眠れなかった。うとうとするといろいろな面影が浮かんでくる。さっきの少女の顔が見え、声が聞こえる。彼はぞっとした。少女に対して恐ろしい憎しみを感じていた。今度はこっちからも少女に恥をかかせて恨みをはらしてやりたかった。彼はその方法をいろいろ考えてみたが、何も思い当たらなかった。少女はクリストフを慕っている様子なんか一つもなかったが、無念晴らしにすべてが望みどおりになると思うことにした。クリストフは、実に強い立派な人になったと決めた。そしてこの少女が彼に恋しているとした。それから彼はばかげた話を作り上げて、しまいには、それが実際よりも、なお真実らしく信じこもうとしてしまった。

少女はクリストフを死ぬほど恋していた。しかし彼は軽蔑しきっていた。彼が少女の家の前を通ると、彼女はカーテンの陰からのぞいていた。クリストフはそれを知っていながら、わざと知らぬふりをして、陽気に話していた。彼を慕う少女の気持ちをもてあそぶために、彼は故郷を離れて遠くへ旅行した。彼は立派な手柄を立て有名になった。――ここでお祖父《じい》さんの武勇伝のなかからある断片をえり抜いて自分の話に加えた――その間に少女は恋の病にかかった。あの傲慢な母親の奥さまが訪ねてきて、「かわいそうな娘が死にかかっております。どうぞいらしてくださいまし！」と哀願する。彼は行ってやる。娘は寝ている。顔は青ざめ、やせ衰えている。彼女はクリストフに両腕をさし伸べる。口もきけないが泣きながら彼の両手を取ってその手に接吻する。するとじっさい彼は驚くほどの親切とやさしさをこめて彼女をじっと見つめてやる。そして、いまになおりますようにと言って、彼女の恋を許してやる。

ここまで話が進んで、何べんとなく身振りや言葉をくり返して話の面白みを長引かせ興じているうちに眠くなり、胸もすっきりし、眠りに落ちた。

彼が目を覚ましたときには夜が明けていたが、その日は昨日の朝のように無心に晴れやかには輝いていなかった。何かしら世界が変わっていた。クリストフは不正ということを知ったのである。

3　ひときれのじゃがいも

彼の家ではときおり暮らし向きに困ることがあった。そうした場合が次第に多くなってきた。そんな日には、肉なしでまずいもので我慢していた。しかしクリストフほどその苦しみに気づいている者はなかった。父はいっこう気がつかないのか、いちばん先に食物を取っていつもたくさん食べるのだった。そして騒々しくしゃべり散らしては自分の言ったことにからからと笑っていた。妻は夫の食べる間もじっとして、無理に笑顔を見せているのに、メルキオールは気がつかなかった。彼が皿を次へ回すときには半分空になっていた。ルイザはまず子供たちに食べさせた。めいめいにじゃがいもが二つだった。クリストフの番には皿の上には三個しか残っていないことがたびたびだった。母はまだ済んでいないのである。前からそれを知っているクリストフは、じゃがいもがまだまわってこないうちから数えておいた。そしてやせ我慢を張って平気な顔をして、

「母ちゃん、僕一つでいいよ」と言った。母は心配そうに、

「二つおとり、みんなのように」

「いいよ、一つきりで」

「おなかが空いてないのかい？」

「ああ、あんまり空いてないよ」
しかし母も一つしか取らなかった。そして母と子はていねいに皮をむいて、それを小さく幾片にも割って、できるだけゆっくり食べた。母は見守っていて、彼が食べてしまうと、「さあ、お取り！」と言った。

「いいよ、母ちゃん」

「具合でも悪いの、それじゃ？」

「悪くないの、だってたんと食べたんだもの」

そんなときに、父はクリストフの駄々を叱って、自分で残りのじゃがいもを取って食べることがあった。しかし、クリストフはもう用心してその手には乗らなかった。自分のお皿にちゃんと取っておいて、くいしんぼうの弟、エルンストにくれてやった。この弟は食事のはじめから、横目でじゃがいもを狙っていて、とうとう兄にねだるのだった。

「食べない？　そんならおくれよ、ね、兄ちゃん」

ああ！　どんなにクリストフは父を嫌っただろう。父が自分たちに少しの思いやりもなく、人の分まで食べて平気なのをどんなに憎んだことだろう！　しかし、パンもじゃがいもも、何もかもみんな父の稼いだものであった。自分なんか文句をいう権利はないとクリストフは諦めていた。

　こうしてご飯もろくに食べられないということは、クリストフにとっては他の子供たちよりもなお苦しかった。人一倍丈夫な彼の胃が悩んだ。空腹のため頭痛がした。胸に穴があいて、錐《きり》をもみ込むように深まり広がった。しかし彼は苦痛を訴えもせず、母が見ていると思うとことさらに平気を装っていた。このいたいけな少年が、人によけい食べさせたいばかりに、彼自身少なく食べているということに、ルイザはおぼろげながら気づくと、胸がしめつけられる思いがした。彼女はそんな考えを押しやろうとしても、やはり考えずにはいられなかった。それをクリストフにたずねて確かめる勇気はなかった。たとえそれがほんとうであったにしても、どうにもならないことなのだ。ルイザ自身も、子供の頃から食物の不自由に慣れていた。ルイザは自分が病身なことや小食なことから察して、子供が自分よりも余計に苦しんでいるとは夢にも思っていなかった。エルンストたちは遊びに出かけ、メルキオールは用足しに出かけて留守で、ルイザはクリストフに「ちょっと用があるから家にいておくれ」と頼んだ。クリストフは母が糸を巻き終わるまで糸玉を持っていた。にわかに、母は何もかも投げ出して激しくクリストフを引き寄せた。クリストフはもうずいぶん重かったのに膝に抱き上げてひしと胸に抱きしめた。クリストフも母の首に強く両腕を巻き付けた。そして絶望者のように抱き合って、母と子は二人で泣いた。

「かわいそうに、坊や！」

「母ちゃん、母ちゃん！……」

母子はそれきり何も言わなかった。しかし、お互いに心のなかまでわかりあっていた。

4　飲んだくれ父さん

クリストフは、父が酒飲みであることに、長い間気がつかなかった。メルキオールははじめのうちは飲んでも度を過ごさなかった。酔って乱暴をするようなことは少しもなかった。むしろ非常に上機嫌であった。そしてテーブルをたたきながら、大声で歌ったり、ばかげた冗談を言ったりした。時にはルイザや子供たちと一緒に踊りたいと言って聞かなかった。ルイザはそんなときには悲しそうな様子で非難するように部屋の片隅で編物をしながらうつむいていた。顔が真っ赤になるような下品な冗談を夫が言うと、ルイザはそれを黙らせようと努めた。しかし、クリストフにはそのわけが分からなかったので、父が帰ってきて騒ぐのがお祭りのように思われて面白かった。少年は陽気なことが好きなのにうちのなかは陰気すぎた。ある夕方、みんな留守でクリストフがひとりうちにいた。そこへメルキオールが帽子もかぶらず、胸もはだけたままで、へんてこ踊りをやりながら飛び込んできた。「いつものとおりこっけいだな！」と思ってクリストフは笑い出した。しかし父の様子はどこかいつもと変わっていた。両腕はだらりとたれ、目はぱちくりさせながら、父は息子の顔を見つめた。はじめは冗談とばかり思っていたが、妙に恐ろしくなった。

「お父ちゃん、お父ちゃんてば！　お願いだから、返事をしてよ！」

メルキオールは首をクリストフの方に向けてグニャグニャと倒れかかった。にわかに不安と恐怖に襲われたクリストフは部屋の奥へ飛び込んで、ベッドの夜具の中に顔をもぐらせた。父はせせら笑いながら椅子の上で体を揺すぶっていた。

誰も帰ってこなかった。クリストフのおそれは募るばかりだった。父のうめき声を聴かないわけにはいかなかった。あたりはしんとしているだけにものすごかった。クリストフはとうとう逃げ出したくなった。しかし、外へ出るには父のそばを通らねばならない。あの目を見るのかと思うとぞっとした。クリストフは四つん這いになってやっと戸口まで来て、震える片手でドアハンドルをつかんだが、おずおずして放してしまった。するとドアは不意に閉まった。メルキオールは椅子ごとがたりと倒れてしまった。ぎょっとしてクリストフは逃げ出す勇気もなくなった。彼はとうとう「だれかきて！」と大声で叫んで泣き出した。倒れるとメルキオールはいくらか酔いからさめた。そしてクリストフの泣いているのが目についた。恐ろしさにぶるぶる震えているクリストフを引き寄せて彼の膝の上に座らせた。そして子供の耳を引っ張ったり、冗談を言いながら、抱きしめたり、笑ったりした。そうかと思うと、急にふさぎ込んだ。クリストフの顔にわけの分からない涙をそそいで、絞め殺すほどきつく抱きしめては、何べんも何べんもキスをした。クリストフは恐ろしさと、憎らしさとで逃げ出したかった。

やっと母のルイザが帰ってきた。「ああ困った酔っぱらいだ！」とルイザが叫んで、荒々しくメルキオールからクリストフをひったくった。ルイザの目は激しい怒りに燃えていた。彼女はクリストフを隣りの部屋へ連れていって、撫でさすったり、水で顔を冷やしたりしながら、やさしくいたわった。そして、ルイザも一緒に泣いた。それから母と子はひざまずいて、よい神さまがお父さまの悪い癖を直してくださいますように、元通りよい人になりますようにと祈った。

5　死の恐怖

クリストフは簡単に病気にはかからなかった。父や祖父から丈夫な体格《からだ》を受け継いでいたのだ。彼は倒れても、ぶたれても、けがをしても、泣いたことはなかった。彼には父の乱暴とけんか相手の町のわんぱく小僧たちの乱暴が強く身に沁みていた。殴られても平気だった。鼻血を出したり、額にこぶをもらったりして帰ることはしょっちゅうだった。

しかしさすがのクリストフにも、いろいろと恐ろしいものがあった。我慢強い彼のことだから人には何も言わなかったけれど。クリストフは屋根裏の物置の戸を恐れていた。どうしても前を通らなければならないときは、胸をどきどきさせながら、振り向きもせずに駆け抜けるのだった。物置のなかには大ネズミがいるので、何も不思議はないはずなのに、彼はお化けだとか、ガサガサになった骨だとか、ぼろぼろの肉だとか、馬の頭だとか、にらみ殺すような目だとか、得体のしれない姿などが頭に浮かんでしようがなかった。

クリストフは、また外の闇を恐れた。夕方など、何かの用事で、町はずれのお祖父さんの家までお使いにやらされるのが怖かった。夕暮れの光は淡かった。雲の群れが地平とすれすれに動いていた。草むらは大きくなって動いていた。ひょろんと痩せた木立は怪しい老人に似ていた。溝のなかには一寸法師がいくつとなく座っていた。クリストフはいまにも何か不吉なことが起こりそうで、びくびくものだった。

あるときは書物からさえ敵が現れた。お祖父さんが気まぐれに買い集めた古い本のなかにはクリストフに、強い印象を与えた挿絵の本があった。それは彼をひきつけたが、怖がらせもした。まったく不思議な幻想の「聖アントワーヌの誘惑」とかいう絵の入った本であった。そのなかには鳥の骸骨が水差しのなかに糞をしたり、たくさんの卵が蛙の裂けた腹の中でミミズのようにうようよとうごめいていたり、逆立ちして歩いていたり、尻がラッパを吹いたり、いろんな家財道具と動物の死骸が、だぶだぶの服を着ておばあさんのような敬礼をしながら真面目くさって行進する図などが描かれていた。それを見るとクリストフはぞっとした。しかし、かえって、そのいやらしさに駆られて、何べんも見直した。長い間それらの絵を見つめていると、カーテンの襞《ひだ》のなかで、何かしら動いていないかと思って、そっとあたりを見まわすこともあった。夜になると、これらの絵の不思議な姿がまざまざとクリストフの夢のなかに入ってくるのだった。

クリストフは眠るのが恐ろしかった。いろんな夢魔が彼のあどけない眠りを襲った。だしぬけに締めつけられるような気がした。猛獣が自分のそばに寝ているかと思われるときもあった。夜中に起き上がってぐっしょりかいた汗をパジャマの袖でふいていたこともあ

った。やっと明け方のかすかな光がどこからか忍び込んでくると、クリストフはほっと安堵の思いをした。そして不眠のために、熱くなっていた目もいつの間にか閉ざされた。
しかしこうしたいろいろさまざまな空想的恐ろしさは、やがてより大きな恐怖の前には消えてしまわなければならなかった。それはすべての人間を無くすものであり、人がいかに忘れようとしてもどうにもならない「死」ということであった。

ある日、クリストフは戸棚を探して、いろんな知らない品物——子供の洋服と縞の縁なし帽を見つけた。彼は得意顔をして、それを母のところへ持っていった。すると、母は嫌な顔をして、「元のところへ直してお置き！」と言った。クリストフがびっくりしたのは、その品物はクリストフがまだ生まれる前に死んだ兄のものだということだった。その子も彼と同じくクリストフという名だったが、もっとおとなしかったと、母は言った。自分にも兄があったのに死んでしまったのか？　クリストフには死ぬというのはどんなことだかよくわからなかったが、怖ろしいことらしかった。クリストフのうわさを一度も聞いたことがないのをみると、その子はすっかり忘れられてしまったのだ。それでは自分の死ぬ番になっても、忘れられてしまうのかしら？

　夕飯のときにも、クリストフはひとり死んだ子のことを考えた。父も母もみんな快活に笑っていた。かわいい子供が死んだ後でも、母は笑っていられるものかしら？　そう考えると、クリストフは家の者がみんな嫌いになってしまった。彼は自分が不憫になって泣きたかった。しかし、ベッドに入りながら、クリストフが死んだ子のことを聞いたときに母の頬が涙に濡れていたので、クリストフは母が悲しんでいたのだと思いなおした。すると、いくらか落ち着いて彼は眠った。

　それからしばらくしてからのことであったが、クリストフといつも往来で遊んでいたいたずら仲間の子供が姿を見せなくなった。それからまもないある晩、フリッツという子が死んだということを聞いた。クリストフは急に呼吸が詰まってしまった。怖ろしさにぶるぶる震えた。自分の体にも病気が忍び込んで、今にも死ぬような気がした。「もう駄目だ！　僕も死ぬんだ！」

　この頃からクリストフは死の恐怖に襲われはじめた。しかし彼は臆病なくせに、人に助けを求めない高慢な心や、怖がっていることを他人に知られる恥ずかしさや、母に心配をかけまいという子供らしいいじらしさなどから、誰にもそれを打ち明けないでじっとひとりで耐えていた。

信心深いクリストフの母は、彼によく神さまのことを話して聞かせたので、彼も幼な心に神さまを信じていた。善い心さえもっていれば、死んで後に天国へ行かれるのだとも信じていた。そこは美しい花の咲き誇ったたいへん幸福な世界であると聞いていた。また神さまがぐっすり眠っている子供をさらって、少しの苦しみもなしに天国へお連れになるそうだ。しかし、クリストフはそんな子供らを羨むどころか、昇天ということを非常に怖れていた。自分も神さまからそんないたずらをされはしまいかと、寝つくたびに心配した。死というものがどんなに恐ろしい、淋しい、惨めなものなのかということをクリストフはひとりで想像していた。

しかし、誰ひとり自分の気持ちをわかってくれる者もない。遊び仲間からいじめられ、そのうえ父のひどく酔っぱらった様子を見たり、ひもじい思いまでして生きているのはちっとも楽しいことではなかった。

6　古いピアノは魔法箱

クリストフの周りにしだいしだいに闇がましていく苦しい生活の夜のなかに、彼の生活の歩みを照らすべき光明が、暗い大空に隠れていた星のように輝きはじめた。それは、気高い音楽であった。

お祖父さんが古いピアノを孫たちにくれた。それはお祖父さんの門弟が要らないから始末してくれと頼まれたピアノであった。メルキオールは薪のようなものだとけなしたが、

幼いクリストフにはこの新しい客がたいへん嬉しかった。それはお祖父さんがよく話してくれたアラビアンナイトみたいな素敵なお伽ばなしでいっぱいになった魔法箱のような気がした。

父がその音色を調べようとしたら、急に小雨が降ってきたように急なテンポに変った。驟雨《しゅうう》の後でさっと吹き渡る温かいそよ風が、雨に濡れた木立の枝から滴《しずく》を落とす音に似ていた。クリストフは手をたたいて「もっと！」と叫んだ。しかしメルキオールは、これはガラクタだとつぶやきながら、ふたを閉めてしまった。

このときから、クリストフはいつもピアノの周りをぶらついた。そして人が向こうを向くとまるで大きな虫が甲羅《こうら》を指で動かすように、すぐふたをあけて、そっとキーを押すのだった。彼はピアノのなかに閉じ込められている獣を出してみたかった。あわてた拍子に少し叩きすぎると、「しずかにしなさい！　さわってはいけません！」と母に叱られることもあった。そうかと思うとふたを閉めるとき誤って自分の指を挟まれて、痛む指をしゃぶりながら、顔をしかめていることもあった。クリストフのいちばん楽しいことは母が他所《よそ》へ仕事に出るか、町へ用足しに行くかして、家中《うち》が留守になることだった。ルイザの足音が階段の下に消えるのを待ちかねてピアノをあける。あまりひどい音さえ立てなければ、誰もとがめだてはしないのだ。

クリストフは興奮していたし、もっと静かにしようとして、大砲でも打つときのように息をこらした。指を鍵盤に乗せると、心臓がどきどきした。半分ほど指をキーのうえに沈めると、そっと外して次へと移ってゆく。このキーからはどんな音がでるだろう？　あれからは？　にわかに音が高まる。深い感じの音、鋭い音、長い音、唸る音……少年はそれらの音が一つずつ、かすかになって消えていくのにじっと聴き入る。それは野原にたたずんで聞く鐘の音が、風に吹き送られて遠くに消えていくように余韻を残して震える。虫の羽音も聞こえる。呼び声をかけて遠くへ誘っていくようだ。次第に遠く……神秘な隠れ家へ……深く沈み込んでいく……ああ聞こえなくなってしまった！……いや！　まださざやいている……微かな羽ばたき……何という不思議！……精霊のようだ。精霊がこんな古ぼけた箱のなかに閉じこめられていて、いちいち命令に従っているのか？　これこそ合点のいかぬことだ！

だがいちばんおもしろいのは二本の指を同時に二つの鍵盤にかけることだ。時には二つの精霊が敵どうしになって、互いに腹をたてて、殴り合ったり憎み合ったり、癪にさわったらしい様子で怒鳴りあったりする。声を激しくして罵《ののし》りあうかと思うと優しくなる。クリストフはそれが大好きだ。怪物が縛られた縄を咬《か》んで、牢屋の壁にぶつかっているようだ。

またあるときは、愛し合う音調があった。その音はちょうど人が接吻するとき、腕を絡みあうようにまつわりあっている。それは優美で和やかである。善い精霊なのだ。彼らはにこにこ顔でしわひとつ見せない。そして幼いクリストフを愛し、クリストフは彼らを愛する。それを聞いていると少年は眼に涙がわいてくる。彼はいくどでも彼らを呼び戻したくなる。みんなクリストフの友だちで親しい、優しい友だちなのだ。

ある日、メルキオールが、クリストフがこうしているところへ不意に入ってきた。父は大声でどなったので子供は恐れて飛びのいた。クリストフは叱られることを覚悟して、ぴしゃりとされるのを防ごうと両手で耳をおおった。しかし、父はいつもと違って叱らないで機嫌よく笑っていた。

父はクリストフの頭を優しく叩きながら、

「じゃあ、お前にも面白いんだな？　弾き方を教えてほしくないかい？」

教えてほしいどころではなかった！　クリストフは嬉しくって、小声でうなずいた。二人はピアノの前に座った。クリストフは大きい書物を積み重ねた上に腰かけて、熱心に稽古を受けた。クリストフは父の根気強いのに驚いた。父はすこしもあきないらしく同じことを十ぺんもやらせるのだった。どうしてこんなに骨を折ってくれるのかクリストフにはわからなかった。では父はクリストフを愛していてくれるのか？　なんて優しいんだろう！　クリストフはありがたい心でいっぱいになって、一生懸命に励んだ。

父の頭のなかにどんな考えが浮かんでいたか知っていたら、クリストフはこんなに素直ではなかったろう。


その日から、メルキオールはクリストフをお隣りへ連れていった。そこでは、一週に三回、室内音楽会がおこなわれていた。メルキオールはヴァイオリンをもち、ジャン・ミシェルはチェロを弾いた。ほかの二人は、銀行員と時計商の老主人だった。ときどきは、薬屋が笛をもってきて、仲間に加わるのだった。

クリストフは、ピアノのうしろのすみっこにひっこんでいた。そこなら、誰にもじゃまをされる心配はなかった。というのは、そこへ入るには四つん這いにならなければならなかったから。彼はうす暗いところへちぢこまって、床板の上に横になっていた。タバコの煙が目にも入った。ほこりも入った。羊の毛みたいに、大きな房をしたほこりもあった。しかし、クリストフはそんなことにはおかまいなしで、トルコふうにあぐらをかいて、よごれた小さい指で、ピアノかけの布の穴をひろげながら、まじめに聞きほれていた。

どんな曲も彼には満足できなかったが、そうかといって、あきもしなかった。音楽に聞き入りながら、ねむったり目をさましたりするのは、いやなものではなかった。

すぐれた音楽は、クリストフを興奮させたが、彼は自分では気づかなかった。誰も見ていないと思って、彼は顔じゅうでいろいろしかめ面をしていた。鼻をしかめたり、歯をくいしばったり、舌をだしたり、怒った目つきや、がっかりした目つきなどをした。いばったり、けんか腰になったりして、腕や足を動かした。歩いたり、なぐったり、世界をこっぱみじんにしたくなった。あんまりさわぐので、ピアノの上から、人の顔があらわれて、どなった。

「おい、ガキ、おまえ気がくるったのか？　ピアノをはなさんか？　耳をひっぱるぞ！」

そう怒鳴られると、クリストフは恥ずかしくもあったが、しゃくにもさわった。どうして人は、自分の楽しみの邪魔をするのか？　何もわるさをしていないのにいつまでもいじめられなければならないのか？　みんな、この子は音楽を好かないので騒々しいのだと言って叱った。だが、そこに集まって演奏している連中も、ほんとに、音楽に感激しているのは、ただこの少年クリストフひとりであると言ったら、さぞ驚くことだろう。

もし彼に静かにしてもらいたかったら、どうして足音をたてさせるような音楽を演奏するのか？　その曲のなかには、軍馬のたける姿や、剣や、戦いの雄叫びや、勝ちいくさの誇らしさなどが入っていたのだ。

　ある日、メルキオールは、しのび足で不意に入ってきた。クリストフが身体にあわないほど高い鍵盤前に座っているのを見つけた。メルキオールは、じっとながめていたが、心にはたと思いあたった。

「神童だ！……どうして今まで気がつかなかったのだろう？……家にとっては、願ってもない幸せだ！……どうせ、母親《ルイザ》と同じで、ろくでなしだと思っていたのに……なに、ためしてみたところで金のかかるわけではなし……いい運がまわってきそうだぞ！　ドイツじゅうをつれて歩こう、外国へまでも……楽しい、おまけに高尚な世渡りができるぞ」


　その日から、メルキオールはクリストフをまたピアノの前に座らせて、息子の眼が疲れて閉じるまで昼間の稽古を復習させた。その翌日は三度、その翌々日もその次も……クリストフはすぐにあきて、やがていやでいやでもう我慢しきれなくなった。指の筋が痛くなった。魔法の響きも出ず、素晴らしいお化けも現れない。つまらないので、ぼんやりし、父の注意を聞き漏らしては厳しく叱られた。

　クリストフが嫌になったのは、ある晩、メルキオールが隣りの部屋で、彼の計画を打ち明けているのを聴いてからであった。クリストフをこんなに嫌がらせるのも、朝から晩まで、無理にキーを叩かせているのも、みんな学問のある動物として、見世物にするためだったのか！　もう懐かしいライン河を訪れるひまもなくなった。クリストフは、自分の自尊心と自由とを傷つけられたことを憤った。そして、もう音楽をやるまい、たとえやるにしてもできるだけ下手くそにやろうと決心した。

その次の稽古から、彼は自分の計画を実行しはじめた。彼はわざと横っちょを押したり楽譜を間違えたりした。メルキオールは怒鳴りたて、拳固の雨を降らせた。そしてクリス

トフが音を間違えるたびに、大きな定規で子供の指をたたき、耳もつぶれるほどどなり立てた。クリストフは痛さに顔をしかめながらも、泣くまいとして、唇をかみしめていた。じっと我慢強くたたかれるごとに肩をすぼめて、でたらめに弾きつづけた。ところが、そのやり方がまずかったのですぐ見破られてしまった。メルキオールはたとえ三日三晩かかろうとひとつも間

違えず正しく弾くまでは許しはしないと言った。クリストフはなおさら正しく弾くまいとつとめた。メルキオールはクリストフのずるい計画に気がつくとますます叩いた。クリストフの指は、もう感じなくなった。彼は黙って鼻をすすり、涙をのみ込みながら泣いた。いつまでもこんなに強情を張ってもダメだと悟ると、クリストフは弾く手を止め、嵐を覚悟して、勇気を出して言った。

「父ちゃん、僕、もう弾きたくないんだ」

メルキオールは息がつまるほどカッとなって、

「なんだ！　なんだと！」と叫んで、クリストフの片腕を折れるほど揺すぶった。

「ああ、弾きたくないんだ。第一ぶたれたくないんだもの……それに……」

言い終わらないうちに、ぴしゃり！　と激しく頬をぶたれて、息が止まりそうだった。

「なんだって！　ぶたれたくない？　ぶたれたくないんだって？」

拳固のあられが降った。すすり泣きのなかからクリストフは叫びたてた。

「それに音楽は嫌いなんだ！……音楽は嫌いなんだ！」

彼は腰かけから滑り落ちた。メルキオールは手荒く彼を座りなおさせて、彼の手首をキ

ーにぶっつけて、

「さあ、弾くんだ！」と叫んだ。

「いやだ！　いやだ！　弾くもんか！」

メルキオールはあきらめてしまった。一ぺんも間違えずにすっかり練習を終わるまでは、一日でもひと月でも食べさせないからと言って、クリストフを戸口まで連れていって、蹴飛ばして、がたんとドアを閉めてしまった。

クリストフは汚れた階段に腰を掛けた。彼は怒りに燃えていた。父の乱暴が恨めしかった。いっそ死んでやろうかと考えた。自分が死んでしまったらどんなに嘆くだろう。そうすればいい気味だ！

クリストフは自分がかわいそうになった。そして泣いた。

彼は家の窓の下を流れるライン河を眺めた。今日のような気持ちでこの川を見たことは一度もなかった。いったいこの川はどこから来てどこへゆくのか？　何を望んでいるのか？　この川の流れを、誰も、何ものも止めることはできない。昼も夜も、雨が降ろうが陽が照ろうが、家に喜びがあろうが、悲しみがあろうが、かまわずに流れている。

この川のようだったらどんなに愉快だろう。子馬や羊たちの遊ぶ牧場を流れたり、柳の枝かげを走ったり、ぎらぎら光る小石のうえを滑ったりしたら！

そのうちに自分も川と一緒に流れて遠くの旅に出かけているような心持ちになった。広々した平野には野草が青く茂って、さまざまな花が色美しく咲いている。水辺の樹は小さい手のような枝をライン河の流れに浸して、揺れたり、動いたり、裏返ったりしている。村の白壁や教会の屋根が映っている。墓地の十字架が見える。鳥の群が空を飛んでいく。

クリストフは窓辺にもたれたまま、いつのまにかうとうとと眠っていた。

III

1　きらめく流れ星

クリストフは、とうとう我を通せなくなった。そして、怒鳴られおどかされながら、涙を流し、ピアノを弾かなければならなかった。

ところがお祖父《じい》さんの言った言葉が少年の心を動かした。老人は孫の泣いているのを見て厳かに言った。

「クリストフ、音楽というものはな、すべての人間の魂に慰めと喜びを与えるものなんだよ。そんなに素晴らしく立派な偉い芸術のためには少しくらい苦しむのがあたりまえなんだよ」

クリストフはお祖父さんから大人扱いを受けたことをありがたく嬉しく思った。クリストフの魂は知らず知らず音楽の方へ惹きつけられていった。


それからクリストフにとって忘れられない音楽の出来事が起きた。

クリストフの町にも劇場があって、いろいろな演劇が演ぜられるのだった。ジャン・ミシェル老人はいつも欠かさず見ていたが、クリストフをはじめて連れていってくれた。

お祖父さんは五、六日も前からオペラの内容を詳しく話してくれたが、クリストフにはそれが何のことかさっぱり理解できなかった。が、何でも怖いことがおこなわれているようだった。見たくって、じりじりしていながら、ひどく恐ろしかった。こわい！　見たい！　嵐があるだろうと覚悟はしていたし、雷に打たれはしないかと恐れてもいた。また戦争が起こるだろうとも思った。殺されないとも保証がなかった。前の晩に、クリストフはベッドのなかでそのことを考えて苦しんだ。オペラの日にはいっそお祖父さんに差支えが起こってほしいような気持ちにもなった。しかし、時刻が近づいてもお祖父さんが来ないと心細くなってきて、しょっちゅう窓の方を眺めていた。やっとお祖父さんがやってきて、二人はそろって出かけた。胸がどきどき踊って舌が乾いた。彼はひとことものが言えなかった。

劇場へ着いた。ジャン・ミシェルは入り口で知り合いの人々に出会った。クリストフはしっかりとお祖父さんの手を握っていた。それほど彼ははぐれるのが怖かった。

彼はびくびくしながら幕の開くのを待っていた。ベルが三度鳴って、オーケストラが始まった。それを聴くとクリストフの心は静まった。

幕が上がって厚紙でできた木や、あまり本物らしくない人物が現れた。少年は感心して口を開けたままながめていたが、驚きはしなかった。ただ劇は東洋の物語らしく、クリストフにはさっぱり見当がつかなかった。どういう筋だかわからなかった。何もかもごっちゃになって人物も取り違えたりして、お祖父さんの袖を引っ張っては、へんてこな質問をした。それはクリストフがまるで分かっていないことを証拠立てていた。けれども彼は退屈していなかったばかりか、夢中になって面白がっていた。彼は自分勝手に芝居をこしらえあげて見物していた。だから登場人物がとんでもない仕草を始めるとあわてて筋書きを変えなければならなかった。

彼はことに若い美しい人のために同情していた。赤くなったり、青くなったりした。手に汗を握った。額に汗の玉が浮かんだ。隣りの人にそれを気づかれはしないだろうかと心配した。恋人たちの嘆きの場になると、クリストフは息がつまるかと思った。風邪をひいたときのようにのどが痛かった。彼は両手で首を強くこすった。唾も呑《の》み込めなかった。涙がいっぱいだった。手も足も凍った。お祖父さんもやはり彼に劣らないくらい感動して、子供のように無邪気に見とれていた。感激を人に見せまいとして、平気なふりをして咳払いをしていた。クリストフにはそれがちゃんとわかっていたので、おかしかった。しかし彼は怖ろしく熱かった。彼は眠くなってきた。座り心地も悪かった。しかし、彼は「もっと長く続くのかな！　おしまいにならなきゃいいがな！」とそればかり考えていた。クリストフにはどうして終わるのかわからないうちにだしぬけに終わってしまった。幕は下りた。観客は皆立ち上がった。喜びは弾《はじ》けた。

二人の子供——老人と少年とは夜道を一緒に帰った。なんという麗しい夜だろう！　二人とも思い出に耽《ふけ》りながら黙っていた。とうとうお祖父さんが口を開いた。

「おもしろかったかい?」

まだ感激からさめないクリストフは返事もできなかった。ただため息をついて、やっと低い声で、

「ああ!」と言っただけだった。お祖父さんはにっこりした。しばらくしてまた言った。

「音楽家という仕事はどんなに立派だかわかったかい? あんな人物や、あんな不思議なものを創ることより他に名誉なことがあるかい? まるでこの世で神さまになることなんだよ」

クリストフはびっくりした。なんだ! あれを創ったのは人間だったのか! 思いもかけぬことだ。あんなものはひとりでに出来上がったものとばかり考えていた。音楽家になりたい! いつか、たった一日だけでも! それから後はどうでもいい! 死んだっていい!

「お祖父さん、あれをこしらえたのは誰?」

お祖父さんは、フランソワ・マリー・ハスラーのことを話して聞かせた。このドイツの若い音楽家はベルリンに住んでいて、お祖父さんとは前から知り合いであった。

その晩クリストフは、寝床のなかで考えていた。素足の娘の姿が浮かんできた。うとうとしかけると音楽が耳にはっきりと響いてきた。彼は身震いして起き上がった。彼の頭は音楽に酔っていた。

「僕も書いてやろう。僕にも書けるのかしら？」

このときから、クリストフのただ一つの望みは、もう一度劇場に行くことだった。勉強の褒美に劇場へやってくれるといわれて、彼は急に精を出した。彼はもうオペラのことばかり考えていた。病気になってはいけないと思うと、急にいろんな病気にかかりそうな気がした。その日になるとご飯も喉を通らなかった。時計ばかり眺めていた。今日は日が暮れないのではないかと心配した。

それからまもなくして音楽の大きなニュースがあった。クリストフをあれほど驚かせたオペラの作者、ハスラー氏が自作の音楽会を催すために町に来るというではないか。町じゅうはその噂でもちきりになった。メルキオールやジャン・ミシェルの友人たちは、たえずハスラー氏の消息を聞きにいった。クリストフはこの偉人が自分と同じ町に来て、同じ空気を吸っているのかと思うと、感激せずにはいられなかった。

ハスラー氏は大公のお招きを受けて宮廷に泊まっていた。外出するときは、馬車で往復していた。

いよいよ音楽会の日が来た。町じゅうの人が集まり、大公とお偉方は貴賓席につかれた。メルキオールは自分の持ち場に着き、ジャン・ミシェルはコーラスの指揮をした。

ハスラー氏が姿を見せると、四方から喝采が起こった。女性たちは氏の姿をよく見ようとして立ち上がった。クリストフはまたたきもせず見つめていた。ハスラー氏はそのすらりとした身体を揺らせながら、時にははげしい身振りを加えて、巧みに指揮した。クリストフは音楽に魅せられて、呼吸も苦しいくらいだった。じっとしていられないで身体を動かしたり、立ち上がったりした。嵐のような拍手が会堂を揺るがせた。オーケストラのトランペットは勝利の曲を吹き添えた。クリストフはそれを自分の勝利のように得意な気持ちで聞いた。女性たちは花輪を投げ、男性は帽子を打ち振った。聴衆はみんな楽団の方へ押し寄せて、この巨匠《メートル》と握手をすることを望んだ。ひとりの感激した女性がハスラー氏の手を唇にもっていった。譜面台の上に置き忘れたハスラー氏のハンカチを、そっと持ち去っている女性もいた。クリストフもそこへ行ってみたかった。

幸いにも音楽会が済むとお祖父さんが迎えに来てくれた。ハスラー氏のために催される音楽の夕べに連れていくためだった。

美しい夜の静寂のうちに、ハスラー氏の有名な曲が演奏された。ハスラー氏と大公がベランダに現れた。人々はハスラー氏バンザイと叫んだ。大公からお使いがあって、音楽家たちは皆、宮邸に招かれた。

大公はそこにおられた。しかし、クリストフはハスラー氏の方ばかり目を向けていた。ハスラー氏は音楽家たちの方へ進んできて、一同に礼を述べた。彼はジャン・ミシェルを見つけて、たいそう愛想のいいことを言った。お祖父さんはしきりとお礼を述べた。いくらハスラー氏を崇拝していても、クリストフはそばで聞くのが恥ずかしいような大げさなお世辞を言って、お祖父さんは答えていた。

お祖父さんはとうとうクリストフの手を引っ張ってハスラー氏に紹介した。ハスラー氏はにこにこしながら、クリストフの頭をちょっと撫でてくれた。クリストフが氏の音楽を愛し、氏に会うのを待ち焦がれて、もう幾晩もろくろく眠らないと聞くと、ハスラー氏は彼を抱き上げて優しくたずねた。クリストフは嬉しさに赤くなり、感極まりものが言えなかった。彼はこの偉人の腕に抱かれたことの嬉しさに思わず涙を落とした。すると、ハスラー氏もこの少年の無垢な愛情に感動して、一層優しくクリストフを抱きしめた。やがてすっかり慣れると、クリストフは遠慮なく返事もし、ハスラー氏に昔からの知り合いのような調子で、自分の小さな望みをうち明けた。それは、ハスラー氏のような音楽家になり

たいこと、氏のような立派なことがしたいこと、偉い人になりたいことなどであった。

するど、ハスラー氏は笑いながら言った。

「大きくなって、立派な音楽家になったら、ベルリンへ会いにおいで」

クリストフはあまりの嬉しさに返事もできなかった。ハスラー氏はからかって言った。

「嫌なのかい？」

クリストフは五、六度もうなずいてみせた。

「じゃ約束したね？」

クリストフはまた黙ってうなずいた。

「さあ、接吻しておくれ」とハスラー氏は言った。クリストフは氏の首に両手をかけて力いっぱいに抱きしめた。

ハスラー氏は笑ってクリストフを下ろし、手を取ってテーブルのところへ連れていき、お菓子をクリストフの両方のポケットにいっぱい詰めてくれた。

「さよなら！　約束を忘れちゃいけないよ」クリストフは喜びの海を泳いでいた。

FM

ある宵の、この小さな町の空を飛んでいったきらめく流れ星が、クリストフの心に動かしがたい影響を与えた。

子供時代にずっとクリストフが見守っていたのは、この生きた手本であった。まだ六歳の少年が自分も作曲しようと決心したのはこのお手本に学んだためだった。実をいえば彼はずっと前からもう作曲していたのであったが、彼自身それに気づいていなかった。

音楽家の心にはすべてが音楽である。震えるもの、動くもの、鼓動するもの、照り輝く夏の日、風のうなる夜、流れ渡る光、星のきらめき、夕立、小鳥のさえずり、虫の音、木樹のそよぎ、好きな声や嫌いな声、お馴染みのストーブの音、ドアのきしみ、夜の静寂のなかに動脈を膨らます血潮の音、すべてのものが音楽である。クリストフの心に響くと美しい音楽に変わった。彼はいつも歌っていた。彼はいつでも、どんなことでも歌にすることができた。朝、たらいのなかで小がものようにぼちゃぼちゃするときの歌ももっていた。いやなピアノに向かうときの歌ももっていた。母ちゃんがテーブルの上へスープを運ぶときの歌ももっていた。そのときには、彼はラッパを吹いて母ちゃんの先導に立った。自分が食堂から寝室へ行くときには、いかめしそうに凱旋マーチをした。そんなとき、二人の弟たちも一緒に行列を作ることがあった。三人とも堂々と練って歩いた。

ある日、お祖父さんの家で、クリストフはお腹を突きだし反り返って、足拍子をとりながら部屋をぐるぐるまわっていた。自作の曲を歌いながら、気持ちが悪くなるまでも……するとひげを剃っていた老人は、石鹸だらけの顔を向けて言った。

「何を歌っているんだ、いたずらっ子？」クリストフは知らないと答えた。

それから二、三日して、クリストフは周囲に椅子を円く並べて、切れ切れのオペラの記憶を集めたコメディをつくって演じていた。彼はまじめくさった様子で、テーブルの上にかかったベートーヴェンの肖像に歩調を取ったり、敬礼したりしていた。くるりと振り返ると、半開きのドアの間からお祖父さんの顔が見えた。からかわれると思って、クリストフは、決まり悪そうにぴたりと止めてしまった。そして窓にかけよって何かに見惚れている振りをしていた。しかしお祖父さんは何も言わずにクリストフを抱きしめた。

クリストフにはお祖父さんが嬉しがっていることが分かった。

それから一週間たってからのことであった。クリストフがもうすっかり忘れた頃、お祖父さんは意味ありげな顔で、見せたいものがあると言って机を開けて数枚の楽譜を取り出し、ピアノの台に乗せて、弾いてごらんと言った。クリストフは困ったがどうにかこうにか読めた。それはお祖父さんが書いた肉太の手書きの楽譜だった。お祖父さんはそばに座ってページを繰っていたが、しばらくしてこれは何の音楽かとたずねた。クリストフは夢中で弾いていたのでなんだかわからなかった。ちっともわからないと答えた。

「よく気をつけてごらん。わからないのかい？」

そうだ。たしかに知っているとは思ったが、どこで聴いたのか覚えがなかった……お祖父さんは笑った。

「考えてごらんよ」

クリストフは頭をふった。

「わからないよ」

実際はもう、うすうすわかっていた。この曲は……と思われたが……いやそんなことはない！　そうとは言い切れなかった。自分のだとは言いたくなかった。

「おじいちゃん、知らないってば」

「やあ、馬鹿だな、自分の曲なのにわからんのかい？」

「ああ！　おじいちゃん！……」

老人はにこにこしながら楽譜の説明をした。

「火曜日にお前が床に転がって歌ってたのはこれだ。先週もう一度やってみろと言ったのはこの行進曲だ。わしの椅子の前で踊ってたのはこの舞踏曲だ……ごらん」

表紙には見事な花文字で、

「『幼き日のたのしみ』小曲、行進曲、ワルツ　ジャン・クリストフ・クラフト作品第一」と書かれていた。クリストフは眩しかった。自分の名、この立派な表題、この大きい楽譜、自分の作曲を見ている！

彼はただ「おじいちゃん、おじいちゃん！」と口ごもって言った。

老人は彼を引き寄せた。彼は祖父の胸に顔を埋めた。彼は嬉しさに赤くなった。お祖父さんは彼よりもなお嬉しそうだった。

「もちろん、わしが伴奏も加えたし、歌も調子よくなおしたよ。それから――（老人は咳をした）――メヌエットには三部合奏も加えた……そりゃ習慣だからな……それから……悪くなったとは思わんよ」

老人はこの曲を弾いた。――クリストフはお祖父さんと一緒に作曲したことが何より得意だった。

「それじゃ、おじいちゃんの名も入れなきゃいけないね」

「それには及ばないよ。お前より他の人が知る必要がないんだ。ただ……――（ここで、彼の声は震えた）――ただ、わしが死んだら、これを見てわしのことを思い出しておくれ、いいかい？　忘れやすまいな？」

気の毒に老人はしまいまで言わなかった。のちの世に残ると思われる孫の作曲のなかに自分の作ったまずい曲を入れるという罪のない楽しみを抑えることはできなかった。こうした未来の光栄に預かりたいという老人の願いは、哀れな、いじらしいものであった。

クリストフはすっかり感動して、お祖父さんの顔じゅうに接吻した。老人はなお強く孫を抱きしめた。

「じゃあ、覚えていてくれるだろうな？　やがて、お前が立派な音楽家になり、偉い芸術家になって、家の名誉にもなって、お前が有名になったときにも、第一にお前の天才を見抜いて、お前が成功すると予言したのは、この老いぼれのお祖父さんだったということを思い出しておくれよ」

お祖父さんは眼にいっぱい涙を溜めていた。自分の気の弱さを見せまいと、大きく咳払いをし、気難しい顔をして、楽譜を大切そうに握って、クリストフを帰した。

クリストフは喜びに酔って家路についた。路の小石も踊っていた。家につくと彼は得意げに手柄話をした。母は笑っていた。父は、お祖父さんは馬鹿で、子供のことなんぞにおせっかいをするよりも自分のことに気をつければいいんだと言った。クリストフには、まずピアノを正しく弾くことが大切で、作曲などは、ずっと後になって、もうこれ以上することがなくなったときにかかっても十分だとも言った。この両親の対応にクリストフは興ざめてしまった。

このメルキオールの言葉は、クリストフの心に早熟な高慢心が増長するのを防ぐためのようであったが、実は違っていた。メルキオールは、音楽によって表現したいという思想を少しも持っていなかったので、作曲などはそれほど偉大なこととは思っていなかった。そして自分自身は優れた音楽家だと自惚れていた。

　しかしメルキオールの戒めは、お祖父さんの賞賛が危うく身を誤らせようとしていた少年に分別を起こさせるのに、無駄ではなかった。が、それだけでは十分ではなかった。クリストフはお父さんよりもお祖父さんの方が賢いと考えていた。クリストフが嫌な顔もせずにピアノを弾いたとしても、それは父に従うためではなく、勝手な空想に浸るためであった。

「ぼくは作曲家なんだ。偉い作曲家なんだ……」という高慢な声が少年の心にいつもこだましていた。

　彼は作曲家だったので、この日から作曲を始めた。まだ文字を書くこともろくに知らないうちから、家計簿の紙片をむしって、四分音符や八分音符などを書きつけた。やっとできあがると、得意顔でお祖父さんのところへもっていった。お祖父さんは年を取ったせいで、涙もろかったので、嬉し泣きに泣いて、素晴らしい出来だと誉めた。

2　ゴットフリート

クリストフは甘やかされて台なしになるところだった。しかし彼の生まれつきの賢さと、ある男《ひと》の感化が彼を救った。それは誰の目にもごく平凡な男だとしか見えなかった、ルイザの兄のゴットフリートであった。

彼はルイザのように小柄で、痩せて、貧相で、少し猫背だった。しわの寄った赤みを帯びた小さい顔に、人の善さそうな青い眼をしていた。この伯父さんはちっぽけな行商人で、香料、文房具、糖果、ハンカチ、襟巻き、靴、缶詰、暦《こよみ》、流行歌集、薬品などの雑貨を入れた大きな梱《こり》を背負って村から村へと廻るのだった。伯父さんは久しく顔を見せないと思っていると、また訪ねて来るのだった。ある晩、入り口に人の気配がした。やがてドアが開いて、小さい禿げ頭の下にくっついた人の善さそうな眼がおずおずした微笑みを浮かべて現れた。

伯父さんは「皆さん、こんばんは……」と言って、入る前にていねいに靴を拭いた。それから年順にひとりひとりに挨拶して、いちばん下の席についた。

お祖父さんとメルキオールはこの小さい男を軽蔑していた。この男が行商人というちっぽけな身分だったからである。しかしルイザはこの実の兄を心から尊敬していた。兄も妹を、口には出さないまでも愛していた。ルイザもゴットフリートも不幸な兄妹で生活のための辛苦をなめていた。それだけ兄妹二人は慈しむ心の絆で結び合わされ、たがいに愛情を抱いていた。

クリストフは少年の残酷な軽はずみから、お祖父さんやお父さんを真似て、この小さな商人を軽蔑していた。なにか滑稽なもののように彼をおもちゃにした。いくら馬鹿げた悪さでいじめられても、ゴットフリートは相変わらず平気で耐えていた。けれどクリストフにはなんとなくこの伯父さんが好きだった。まず自分の思うままになるので好きだった。次に、お菓子だとか、絵だとか、面白い発明品だとか、いいものをくれるから好きだった。

伯父さんが戻ってくるのは子供たちにはたいへんな悦びだった。クリストフは眠れない夜など、この親切な伯父さんのことを考えて、ときどき感謝と同情の念にうたれることがあった。しかし、昼間になると、もう伯父さんをからかうことばかり考えていた。

ある晩、メルキオールが留守で、ルイザは二人の子供を寝かしていたとき、階下の部屋に一人残っていたゴットフリートは、家のそばを流れる河岸に出ていった。クリストフもついていった。子犬のようにもつれながら、伯父さんをいじめ立てた。息切れして疲れると、草のなかへ腹ばいになって笑ったり、悪口を言ったりしていた。伯父さんは黙り込んで返事がなかった。ふと顔を上げると伯父さんの眼に出会った。ゴットフリートの顔はうす霞《がすみ》に消えてゆく夕陽に輝いていた。彼は眼を半ばつむり、口を半ば開けたまま微笑みをもらしていた。不幸に苦しんだ顔には、何とも言われぬ厳粛さが漂っていた。クリストフは頬杖をついてじっと彼を眺めていた。夜が迫ってきた。ゴットフリートの顔は少しずつ消えていく。静寂がわたる。やがてクリストフはゴットフリートの顔に浮かんだ神秘的な印象に驚かされた。クリストフはぼんやりとなっていた。草むらではこおろぎのトレモロが響いていた。小波《さざなみ》がささやいていた……

不意に暗闇のなかでゴットフリートが歌いだした。彼はかすかな曇った内部から聞こえてくるような声で歌った。二十歩も離れたら、その声は聞こえなかったであろう……けれど、それには人の心をそそるような真心がこもっていた。クリストフは一度もこんな歌いぶりを聴いたことがなかった。こんな歌も聞いたことがなかった。それは緩やかな、単純な、幼稚な歌で、重々しい歩みで、やや単調に、うら悲しい調子でゆるゆると進んでゆく。それから長い沈黙――やがてにわかに高い調子にかえり、ゆきつく先もかまわず暗闇のなかに消えてゆく……それは遥かかなたから聞こえてきて行方も知れず去ってゆく。その静けさのなかには苦しみが充ちていた。外から見る安楽のかげには、長い年月の苦悶がまどろんでいた。クリストフは、もう息もつかなかった。身動きさえもせず、感激のために身に寒さを覚えた。歌が終わると、クリストフはゴットフリートにすり寄って、叫んだ。

「伯父さん！……」

ゴットフリートは答えなかった。子供は伯父の膝に両手をかけ、頭を乗せてくり返した。

「伯父さん！」

「坊や……」

「ありゃ何なの、伯父さん教えて！　何を歌ったの？」

「知らない」

「なんだか言っておくれよ！」

「知らないよ。歌だよ」

「伯父さんの歌かい?」

「馬鹿な!……わしの歌かい!　古い歌だよ」

「誰がこしらえたの?」

「わからないよ……」

「いつ?」

「わからないよ……」

「伯父さんの小さい時分にかい?」

「わしの生まれる前だ。お父さんのお父さん、そのお父さんの、お父さんの、またお父さんの生まれる前だ……あの歌は昔からあったのだよ」

「変だな!　誰もそんなこと話してくれなかったよ」

クリストフはちょっと考えてふたたび、

「伯父さん、もっと他のも知っているかい?」

「ああ……」

「他のを歌ってくれない？」

「なぜ他のを歌ってほしいんだ？　ひとつでたくさんだ。歌いたいときか、歌わねばならないときに歌うものだ。慰みに歌うものじゃないよ」

「だって音楽をこしらえるときには？」

「こりゃ音楽じゃないよ」

少年は頭を傾《かし》げた。彼にはよく合点がゆかなかったけれど、説明は求めなかった。なるほどあれは音楽ではない。ほかの歌みたいに……

「伯父さん、伯父さんはこしらえたことがあるかい？」

「何をさ！」

「歌をさ！」

「歌だって？　なに、どうしてわしにできるもんか。歌はこしらえるもんじゃないよ」

「だって、いっぺんはこしらえたものじゃないの？」伯父さんは頭を振ってきかなかった。

「なあに、昔からあるんだ」

「だって伯父さん、もうほかの新しい歌をこしらえることはできないの？」

「なんのためにこしらえるんだ？……どんなのだってできているんだよ。お前が悲しいときのでも、くたびれたときのでも、遠く離れた家のことを思うときの歌も、お前が自分をミミズのような卑しい人間だと思ってさげすむときの歌も、人が親切にしてくれないので泣きたいときの歌もあるんだ。またお天気がよく、いつも親切で笑顔を見せてくださる神さまの大空が見える楽しいときの歌もあるのだよ……どんな歌だって、どんなのだってあるんだ。なんでわしがこしらえることなんかいるものかね？」

「偉い人になる歌は？」

お祖父さんの教訓と無邪気な夢想でいっぱいのクリストフはきいた。

ゴットフリートは優しげににっこりした。クリストフは少しむっとした。

「なぜ、笑うのさ？」

「ああ、わしはちっぽけな行商人だ」

そう言って、子供の頭を撫でながらたずねた。

「それじゃ偉い人になりたいかい？」

「ああ」クリストフは得意げに答えた。伯父さんはほめてくれるだろうと信じていた。しかし、ゴットフリートは言った。

「何をするためにさ？」

クリストフは面食らった。しばらく考えてから、

「立派な歌をこしらえるためだよ！」ゴットフリートはまた笑った。

「偉い人になるために歌を作りたいんだな。そして歌を作るために偉い人になりたいんだな。お前は尾っぽをかもうとして、ぐるぐる廻る犬みたいだよ」

クリストフは癪にさわった。いつでもからかっている伯父さんから逆にからかわれたので、ほかのときだったらとてもがまんしきれなかったであろう。ゴットフリートが理屈でやりこめてくるほど利口だとは夢にも思わなかった。クリストフはなんとかやり返したかったけれど生憎だった。

「お前、ここからコブレンツまでの距離ほど大きくなっても、歌ひとつだってできっこないよ」クリストフはむっとした。

「こしらえたいと思ったら！……」

「思えば思うほどできないのだ。歌を作ろうと思えば、あんなにならなくちゃ駄目さ、お聴きよ……」

輝く月がまるまると野の後ろから昇っていた。銀色の霞が鏡のように水面に浮かんで、地面にすれすれに漂っていた。蛙は語り合い、牧場ではひき蛙たちがいい音色の笛を吹きつれていた。こおろぎの冴えわたるトレモロは星の瞬《まばた》きに応えていた。風は静かに楡《にれ》の梢に吹いていた。川にのぞんだ丘陵からはナイチンゲールの幽《かす》かな歌が流れてきた。

「何を歌いたいのかい？」長い沈黙の後にゴットフリートはため息をもらした。彼は独りごとを言っているのか、それともクリストフに話しかけているのかわからなかった。

「お前がこしらえる歌なんかよりずっと上手にうたっているじゃないか？」

クリストフは今までにないしみじみした気持ちで、この夜の音楽に耳をすました。なんとはなしに伯父さんが懐かしく、かわいそうになってきた。そしてだしぬけにゴットフリートの腕に飛びかかって抱きしめた。

伯父さんは帰りに言った。

「またいつか、神さまの音楽を聴きに行こう。ほかの歌も歌ってやろう」

それから二人はときどき散歩に出かけた。ゴットフリートは草のなかに座って、じっと耳をすました後、雲や星の話をしてくれた。土の音、風の声、水のささやきを聴き分けたり、飛んだり、跳ねたり、這ったり、泳いだりする小さい動物たちの仲間の声まで聞くことを教えてくれた。また、時には悲しい調子や嬉しい調子の歌を歌った。

ある晩、クリストフはゴットフリートに自分の小曲を見せようと思った。それは彼の苦心の作で得意のものだった。

ゴットフリートは聴いてから言った。

「つまらんなあ！……」

「でもお祖父さんは素敵だとおっしゃったんだ……」

「お祖父さんは学者だからな……だが、わしは音楽を知らないから……」ゴットフリートはしばらく黙ってから、また言った。

「しかし、よくないと思うな」

クリストフはほかの曲を歌った。ありったけのを……するとゴットフリートは言った。

「なおまずいや！」

クリストフは泣きたかった。腹が立った。彼は泣き声で叫んだ。

「だって、なぜまずいっていうのさ？」

「なぜだって？……そりゃわからない。お待ち――うむ、そう、つまらん、なってないよ……何も意味がないじゃないか？　なぜ書いたのかい、あんなものを？」

「知らないよ、いい歌をこしらえたかったのさ」

「それ！　だから駄目さ！　お前は偉い音楽家になるために書いたな。ほめてもらうために……それじゃ嘘の音楽さ。音楽というものは、まごころから自然に出なくちゃ駄目だ。ちょうど泉の水が地のなかから湧き出るような……」

クリストフはゴットフリートの言葉を怒った。憎んだ。「なあに、伯父さんなんか知るものか！　お祖父さんがもっと賢いんだもの。だから僕の作曲をほめたんだ」と考えてみても、心の底では伯父さんの方がほんとうだとわかっていた。

それからクリストフは小曲を書くたびに、伯父さんの言ったまごころということを忘れなかった。彼はびくびくして伯父さんの判断を怖れていた。だから「悪くないよ、いいな」などと言われると、嬉しくてならなかった。

ゴットフリートはあるとき言った。

「おい、わかったかい？　お前が家で書くものなんか音楽じゃありゃしない。ほんとうの音楽というものは外の清らかな神さまの空気のなかにあるのだよ」

そう言って、彼はいつもクリストフに神さまの話をして聞かせた。

3　「モーツァルトの生まれ変わりだ」

メルキオールは急に意見を変えて、クリストフの作品を集めるというお祖父さんの意見に賛成したばかりでなく、それらのなかから写しを作っていった。

それからまもなく、『幼き日のたのしみ』をレオポルト大公殿下に捧呈したと聞いて、クリストフは驚いてしまった。

それから、ジャン・ミシェルとメルキオールは二晩も三晩も続けざまに、激しい議論を戦わせて何か相談していた。

やがてクリストフを呼んで、父が右に、左に祖父がついて、彼にペンをもたせた。そして文句を書きとらせた。どの言葉も書くのが難しいうえに、メルキオールが怒鳴り立てるので、クリストフは一層書き方がわからなかった。眼がぼーっとなって書き過ぎたり間違えたりした。書き直し、書き直してやっと書き上げたと思うと、大きなインクのしずくが紙に落ちた。すると耳を引っ張られた。彼は泣く泣くはじめから書き直さねばならなかった。

やっと終わった。ジャン・ミシェルは嬉しさのあまり声を震わせて読み直した。それは大公殿下に捧げる文章であった。

クリストフには何もわからなかった。書き終わるとのうのうとした。もう一度書かされるのではないかと畑の方へ逃げ出した。

それは小曲の写本に添えて大公に捧げられた。大公からはたいへんなお褒めの言葉があった。そしてメルキオールに音楽学校の講堂を自由に使って、音楽会を催すようにお許しがあった。

そこでメルキオールは、一日も早く音楽会を催すことに取りかかった。きっと宮廷音楽の懸賞金をいただけると彼は考えていた。

クリストフの小曲集はたいへん立派なものだった。しかし木版刷りにたくさんのお金がかかったので、ジャン・ミシェルの秘蔵の戸棚まで売ってしまわねばならなかった。

音楽会にはクリストフにどんな洋服を着させるかが問題になった。とうとう、メルキオールの思いつきで、子供に礼服を着せて、白いネクタイをつけさせることになった。ルイザは、かわいそうに子供を笑いものにするつもりかと反対したが、駄目だった。それから上等のシャツやエナメルの靴なども要った。クリストフは新しい衣装をつけるととても窮屈だった。

彼はもうひと月もピアノを離れたことはなかった。お辞儀の仕方まで教わった。彼は少しの間ももう自由ではなかったが、怒るわけにもいかなかった。晴れの舞台をつとめるのだから……彼は得意だった。が、心配でもあった。

いよいよ音楽会の日は来た。少年クリストフは晴れの舞台に立つのである。

まず宮廷音楽のオーケストラが『コリオラン序曲』を奏しはじめた。それはベートーヴェンの作曲で、燃え立つ焔のように輝かしく勇ましい魂の表現である。ベートーヴェンの音楽はクリストフを心の底まで感動させた。彼はこの音楽の熱烈な力に征服されてしまった。眼にはいっぱいの涙があふれ、呼吸も苦しかった。

オーケストラは途中でぴたりと止まって勇ましい国歌が奏された。それは大公殿下が音楽会にご臨場になられたからであった。

序曲が終わると、今度はクリストフの番であった。まず、クリストフはひとりで舞台へ押しだされた。

クリストフは劇場へ行くのは慣れていたので、もう怖くはなかった。けれど大勢の人前で舞台にひとりぼっちとなったその瞬間、にわかに気後れがして思わず後ずさり、楽屋へ引っ込もうとしたくらいだった。しかし振り返ると、父親の怒ったような眼が見えたので、進まないわけにはいかなかった。クリストフは舞台まで出ると、聴衆がやんやと騒ぎ立て笑った。クリストフのこましゃくれた礼装をおもしろがったのであった。

クリストフはすっかりまごついてしまった。そしてできるだけ早くピアノのかげに行きたいと考えて、聴衆に挨拶するのも忘れて真っ直ぐにピアノへ突進した。すると聴衆の笑い声はまた一層高まった。

ピアノの前に座ればもう大丈夫だった。何も怖くなかった。

つづいてメルキオールが登場した。拍手が盛んに起こった。クリストフは必死になってピアノを弾いた。曲が進むにつれていい気持ちになってきた。ちょうど親しい友だちに取り囲まれているように。すると称賛のささやきが彼の耳に入った。みんなが自分の演奏に聴きいっているのかと思うと、少年の胸は誇りでいっぱいになった。しかし演奏が終わると、ふたたび怖くなった。嵐のような拍手も嬉しいよりは恥ずかしかった。メルキオールに手を取られ舞台の端へ出て挨拶させられたときには、一層恥ずかしかった。

それから『幼き日のたのしみ』をひとりで弾いた。すると狂気じみた歓声がわいた。一曲弾くたびに聴衆は歓呼した。最後に聴衆は一斉に立ち上がって喝采した。

クリストフは舞台にひとりぼっちだったので、椅子から動く勇気もなかった。大公殿下の合図でますます、拍手喝采、彼は恥ずかしさのあまり顔を赤くし、頭を垂れた。

そこへメルキオールが来て彼をとらえ、大公殿下に接吻を送れと言った。クリストフは聞こえない振りをしていたが、メルキオールは低い声でひどく強要した。彼はいやいやながらその表情をした。

クリストフは悲しかった。自分の体面を傷つけられたのがつらかった。喝采してくれても、嬉しくなかった。かえって恨めしかった。自分の恥ずかしさを面白がったのは許せなかった。クリストフは楽屋へ逃げ込んだ。貴婦人が彼に小さいスミレの花束を投げた。それは彼の顔をかすめて落ちた。彼はあわてて大股で駆け出した。そして通路の椅子をひっくり返した。

彼が駆ければ駆けるほど、聴衆は笑った。笑われれば笑われるほど、彼は駆けた。やっと舞台の出口にたどり着いた。そこにも彼を見ようとする人で塞がっていた。彼は頭をぶつけながら横に道をあけて駆け抜け、ストーブのすみに隠れた。お祖父さんは夢中になって喜んだ。オーケストラの楽員たちは歓声をあげて少年の成功を祝ってくれた。しかしクリストフは、彼らに顔を向けることも、握手をすることも承知しなかった。

まだ止まない聴衆の喝采に耳をすまして、メルキオールは、もう一度クリストフを舞台に連れていきたかった。しかしクリストフはお祖父さんのフロックコートにしがみついて、近寄るものを足蹴りをしながらかたくなに拒んだ。とうとうわっと泣き出してしまった。

そのとき士官が来て、大公殿下が音楽家たちをお招きくださると告げた。メルキオールはクリストフがこんな有り様ではどうしてお目にかけようかと憤慨した。お祖父さんは、泣きやんだらチョコレートをひとつ上げようと約束した。食いしん坊のクリストフはぱったり泣きやみ、涙を飲み込んで連れて行かれた。

クリストフは殿下の前に座らされた。大公は子供をあやすように少年に話しかけ、両手で彼の頬を撫でて「モーツァルトの生まれ変わりだ」とおっしゃった。それから大公妃、姫、随行員たちにも紹介された。姫の膝に抱かれたときは呼吸もできなかった。クリストフは胸がわくわくしながらも恥ずかしさでいっぱいだった。クリストフは、ふと、お祖父さんが廊下に立っているのを見た。お祖父さんのほんとうの値打ちを言っておかなければ……。そこでいま知り合った姫の耳元にささやいた。

「秘密を言って上げようか」彼女は笑ってたずねた。

「どんな?……」

「ほら僕の小曲のなかにおもしろいトリオがあったでしょう？　よくご存じ？」彼は低い声でそれを歌った。「あれはお祖父さんが作ったの、僕じゃないんです。他のはみんな僕がこしらえたの、でもあれがいちばん面白いんです。でもお祖父さんはそのことを言ってもらいたくないんです。誰にも言っちゃいやですよ。（お祖父さんを指さして）あそこにいるんです。僕大好き。とても僕を可愛がってくれるんです」

すると姫はなお笑って、かわいい子だと言って何度も彼に接吻した。彼女はそのことを皆に話したので、クリストフと老人は困ってしまった。大公はお祖父さんに「おめでとう」と言ったが、お祖父さんはすっかり恐縮して申し訳をしようとしたが、言葉も出ず、口ごもっていた。

クリストフはもう姫に一言も口を利かなかった。彼女が約束を破ったので尊敬できない気持ちになった。そして人々の言葉も、大公から宮廷音楽員に命ぜられたことも耳に入らなかったほど腹を立てていた。

クリストフは父や祖父と一緒に帰途についた。

家に着くとメルキオールはドアを閉めるか閉めないうちにクリストフに「馬鹿もの！」と怒鳴りつけた。それは、彼があのトリオは自分の作ったものではないと話したからであった。クリストフは今日こそは何も叱られることはないと思っていたので癇癪をおこした。そのとき、宮廷からのお使いが来て、大公からの立派な金時計と姫からの箱入りのボンボンが届けられた。どっちも嬉しかったけれど、たいへん不機嫌になっていたときなので、お菓子箱の方を横目で睨みながら、ぶつぶつ言った。それに自分の秘密を漏らしたような人から贈り物など貰っていいものかと考えていた。

やっとクリストフの機嫌が直りかけたところへ、父が大公さまへお礼状を書けと言った。クリストフは疲れていた。あんまりだ。彼は泣き出してしまった。

悪いことに、クリストフは時計をとり落としてしまった。怒ったメルキオールは食後のお菓子をやらないと言った。クリストフは貰わなくてもかまわないと叫んだ。母はボンボンを取り上げると言った。クリストフは怒って、この箱は僕のだから誰も取りあげる権利はないと叫んだ。ぴしゃりと殴られた。すると、彼はいきなり母の手から箱を奪って床に投げつけ、踏みにじってしまった。彼は鞭で打たれ寝室に連れていかれた。服を脱がされ、ベッドに入れられた。

夕方、両親たちが友だちと一緒に、音楽会のお祝いにと一週間も前から準備していたご馳走を食べる物音をクリストフは聞いていた。このような不当な大人の仕打ちがたまらなくクリストフを怒らせた。人々は大声で笑ったり、グラスを突き合わせたりしていた。クリストフのことは疲れているからとお客さまには言っておいたのだ。誰も彼にかまってくれるものはいない。ただ、パーティーが済んでお客が帰ったとき、引きずるような足音が聞こえた。ジャン・ミシェルお祖父さんである。「いい子、クリ坊……」と言いながら抱きしめてくれた。それから、ポケットから隠していたお菓子を四つ五つクリストフの手に滑り込ませてから、何も言わずにそっと出ていった。

それはクリストフには嬉しかった。しかし、お祖父さんがくれた素敵なものに手をつける元気もないほど、彼はくたびれていた。そしてまもなく眠りに落ちていった。

朝

1　ジャン・ミシェルの死

それから三年の月日が流れて、クリストフは十一歳になった。それまでずっと音楽の勉強は続け、和声学は、聖マルタンのオルガンの名手フロリアン・ホルツァーに学んだ。この人はお祖父《じい》さんの友人で、すぐれた学者であった。

クリストフはどの音楽会にも劇場にも自由に出入りした。どんな楽器も、ひと通りは弾くことを学んだ。ことにヴァイオリンにかけては優れた技術をもっていた。そこで、父は彼をオーケストラに加えたいと思った。数カ月のあいだ見習いとして入団した。やがてクリストフは第二ヴァイオリンに任命された。こうして、少年クリストフはもう自分の生活を立てはじめたのである。しかし、それは早すぎるということはなかった。というのは、家の暮らし向きは、ますます悪くなっていったから。それにメルキオールの酒飲みは一層激しくなり、お祖父さんは次第に年を取ってきた。

クリストフには貧しく情けない家庭の事情が分かっていた。少年の顔には、もう生真面目な苦労の影が浮かんでいた。職務は面白くないままに夜は更け、退屈していたため、オーケストラボックスで眠りこけることもあった。しかしながら、自分の務めだけはかいがいしく果たしていた。

劇場も昔のように彼を喜ばせなかった。それから仲間の楽員たちの不真面目なのが嫌でたまらなかった。宮廷に貴賓客があるときや大公がクリストフのピアノ演奏を望まれたときには、すぐ宮廷に伺えという命令があった。それはいつも夜で、その時間はクリストフはひとりでいたいときであった。けれども、クリストフはすべてのことを投げ捨てて宮廷に駆けつけなければならなかった。クリストフはピアノを弾かされた。みんながしきりに誉め言葉を彼に浴びせかけた。しかし、クリストフはすこしも嬉しくはなかった。彼はまるで大公の動物園内にいる珍しい動物のように、お客たちからみなされているような気持ちがした。誰もかれも自分をあざけり笑っているように思えた。ボンボンでもいただくとまるで子供扱いを受けたと思って、クリストフは腹が立った。ことに大公が王侯のふるまいで金子《きんす》をくれたときには、彼は情けなく、はずかしかった。貧乏なことがつくづくいやになった。貧乏人扱いをされることが悲しかった。

ある晩、大公からいただいた金貨を手にして帰る勇気もなく、途中で地下の通気口に投げ捨てたことがあった。しかし、すぐ後で、彼は、家では肉屋にもう何カ月もの借金が溜まっていることを思って、さもしい哀しい思いでそれを拾い上げなければならなかった。

しかし誰ひとり、少年のこの苦しみを察してくれるものはなかった。クリストフは大公のお気に入りだということを誰もが喜んでいた。メルキオールは仲間に息子の自慢ばかりしていた。しかし、いちばん得意だったのはお祖父さんのジャン・ミシェルだった。彼は自分の孫が世間の有名な人々に近づくのを見て喜んでいた。そして、クリストフが宮廷へ行っている晩は、必ず何かの用事にかこつけて、様子を聞きに来るのだった。

クリストフは、いろいろ考えて、自分と家の人々とはまったく気質が違っているのだと決めてしまった。そして自分の気持ちは誰にもわかってもらえないとあきらめていた。

　家に出入りする客や、その人たちの話を聞いていると、クリストフはなおのこと家の人々から遠ざかりたくなった。メルキオールの友だちがたずねてきた。たいていはオーケストラのメンバーで酒飲みだった。彼らは悪い人々ではなかったけれども、粗野だった。お祖父さんの友人は、オルガン奏者、道具商、時計商などのおしゃべり屋の老人たちで、いつも同じ冗談や議論ばかりしていた。

　そんないろんな客のなかでも、お祖父さんの義理の息子で大商館に勤めていたテオドールおじさんくらい嫌いな人はいなかった。この人は、どんな無理をしても勝ちさえすればいい、成功さえすれば正しいのだというふうに物事を考えていた。欲深く傲慢で、偽善者で気取り屋だった。クリストフはこのおじさんを嫌っているばかりでなく敵対心さえ抱いていた。クリストフがほとんどおじさんの標的になって、議論になるとかなわなかった。すぐ言い負かされてしまう。お祖父さんも彼を嫌っていた。しかし彼は金持ちだったので、誰もが彼の機嫌を取ろうとしていた。するとテオドールはいい気になって、クリストフの家でもまるで主人のようにわがままにふるまって、けたたましく口を挟んだ。芸術や芸術家を見くびって、クリストフ家の人々をからかっていた。それなのにみんなは黙っていた。それはクリストフを怒らせた。

ある日、食卓でテオドールから彼のしぐさなどをからかわれ、度外れないじめをうけたクリストフは、思わずカッとなって、おじさんに向かってツバを吐きかけた。さすがのおじさんも驚きのあまり口も利けなかった。

すると拳固の雨と悪罵の矢が一斉にクリストフの上に飛んできた。ルイザがおじさんの前に引きずっていって謝らせようとすると、クリストフは母を突き退けて戸外へ逃げ出した。その晩、彼は家に帰らず、野原で夜を明かした。

それからテオドールおじさんに出会っても、そっぽを向いて、大嫌いのそぶりを示した。クリストフは不愉快な家にいたくなかった。彼の楽しみは退屈な宮廷の演奏をすませてから仔馬のように芝地で転がったり、新しいズボンをはいて芝の坂を滑り降りたり、町のいたずらっ子たちと石合戦をすることだったろう。しかし彼には遊び仲間がいなかった。彼はほかの子供たちと仲良くすることができなかった。

クリストフのただ一つの慰めはゴットフリートと散歩することだった。二人は仲良しの友だちのように、夜更けまで野を歩き回って家の人に叱られた。けれども夜中の十二時頃になると、そっと起きて窓から抜け出した。時折彼らはゴットフリートの友だちで漁師のエレミアのところに出かけていった。水の上に揺らぐ霞《かすみ》の中を、月の光をいっぱいに浴びて、舟を走らせていった。エレミアは物知りで話し上手、いろいろの動物の生活について実に不思議な面白い話をしてくれた。クリストフたちは夜の更けるのも忘れ、とうとう朝方になって帰ることもしばしばあった。

そのことがわかると、両親はひどく叱った。メルキオールはゴットフリートを下等な人間だと罵った。ジャン・ミシェル老人は、ゴットフリートをクリストフが慕っているのが妬《ねた》ましかった。そしてあんな卑しい仲間と付き合うのはよくないと戒めるのだった。しかし、クリストフにとって、小さな行商人や貧しい漁師の友の方がはるかに親しめた。

メルキオールの酒飲みと怠惰のために、家計はますます困難になってきた。それでもジャン・ミシェル老人の生きているあいだは、どうにかやっていくことができた。老人は、自分の年金のほかに、音楽の教授料やピアノを修繕して得たお礼など、いつもいくらかのお金がはいった。それを、老人は、ルイザが困っているのを知ると、そっと渡した。年寄りの親切を受けるたびに、ルイザは涙がこぼれた。あれもしたい、これもしたいと、のぞみの多かったジャン・ミシェル老人が、自分たちのために苦労と不自由を忍んでくれるのだと思うと、しみじみルイザは悲しかった。手元のお金だけでは足りないときには、ジャン・ミシェルは、自分の道具や、書物や、だいじな記念品までを売りはらって、借金に払うお金をこしらえなければならなかった。

そのことを嗅ぎつけたメルキオールは、ルイザのとめるのもきかず、そのお金にまで手をつけてしまった。そのうちに、老人の耳にこのうわさが入った。老人はひどく怒った。ジャン・ミシェル老人は、自分の死んだあとのことを考えると、不幸が目にみえて悲しかった。彼はルイザに言った。

「かわいそうになあー、わしがいなくなったら、お前たちはどうなるか、死んでも死にきれないよ、まあそれでもこの子が一人前になるまでは大丈夫、死なないよ」そう言って、クリストフの頭をなでた。

しかし、老人は思い違いをしていた。彼はもう老齢の道の端まで来ている。それには本人も周囲も誰も気がつかなかった。彼は八十歳を過ぎても頭の毛は黒々とし、硬いあごひげには黒い毛も見えた。足も目も丈夫で、朝は早くから起きて炊事から身の回りのことは人手をかりず一切自分で済ませていた。晴れの日も雨の日もどんな天気でもいっこう構わず、いろんな用足しに出かけた。友だちと議論したり、町の人たちと冗談を言ったりした。孫たちの顔を見にいくことも、老人の一つの大きな楽しみであった。

日曜日には必ず教会へ行って、お祈りをした。子供たちを連れて散歩もし、球技もした。彼は病気というものを知らなかった。自分が次第に年を取っていくことがわからなかった。友だちの医者が「かんしゃくをあまり起こさないように、食べ過ぎはよくないよ」と注意していたのに、頑固な老人は耳もかさないで、不摂生ばかりしていた。

焼けるように暑い夏の日であった。外でビールを飲んで、さんざん議論して帰ってきたお祖父さんは、すぐ庭に出て働きだした。日なたで帽子もかぶらずに、さっきの議論になおむかむかしながら、やたらに地面を耕していた。クリストフは本をもって木陰の下でぼんやりお祖父さんを見ていた。クリストフに背中を向けて草むしりをしていた老人は、だしぬけに立ち上がって両腕で虚空をつかんで、ばったりとうつ向けに倒れた。クリストフはちょっとおかしかったが、お祖父さんが動かないのを見てそばに駆け寄り、「お祖父さん！」と呼びながら揺すぶった。返事がない。動きもしない。赤く、血の滲んだ、白目をむきだしたお祖父さんを見ると、急に恐ろしくなった。そして泣き叫びながら外に飛び出した。通りかかった人がクリストフを留めた。クリストフは口も利けなかったので、家を指さした。そしてその人は家へ入った。近所の人たちが駆けつけてきた。お祖父さんを引き起こした。クリストフは怖くて両手で顔を隠していた。しかし、見ないではいられなかったので、こわごわ指の間からのぞいた。

お祖父さんの顔は腫れ、泥だらけで血が滲み、口を開いて怖ろしい目つきをしていた。クリストフはまた泣きながら、母のいる家まで駆けつけ、台所へ飛びこんだ。ルイザはすぐにどういうことが起こったのかわかると、まっ青になって、もっていた野菜を取り落とした。ひとことも言わず駆けだした。

夕方になった。老人の部屋には一本のろうそくが灯っていた。メルキオールは窓辺でオイオイ泣いている。

お祖父さんはじっと動かずに眠っているように見えた。病気は治ったのかとちょっと思われた。しかし、苦しげなとぎれとぎれの呼吸を聞くと、だめだ！　お祖父さんはもう死にかけているのだ！　クリストフは震えだして、ルイザのそばに跪《ひざまず》いて「どうか治りますように」と祈った。

老人は倒れたときからもう何もわからなかった。けれども一時、自分がもう助からないことに気づくだけの意識を回復した。それがかわいそうだった。老人は重たげにやっと目を開けた。「はあ、はあ」と呼吸をして、人々の顔や、燈火を見つめていたが、もうよくわからない様子である。だしぬけに口を開けた。何とも言われぬ恐怖が老人の顔に浮かんだ。

「それじゃ……」と、口ごもって「それじゃ……わしは死ぬ……死ぬんだ」

この声の恐ろしい調子がクリストフの胸を貫いた。お祖父さんは、もう口を利かなかった。ただ赤ちゃんのように呻《うめ》いた。また発作がきた。呼吸はますます苦しげになった。うなったり、両手を動かしたりして、死の眠りと戦っているかと思われた。もうなかば昏睡状態で、ひとこと「母さん！」と呼んだ。

おお、胸を刺すようなこのひとこと！　クリストフが母を呼ぶときのように、この老人

FM

は普段、うわさもしなかった自分の母親を苦しげに呼んだのである。彼はその母のほうへ行くのである。いよいよ最期が迫ったとき、彼は赤ん坊の気持ちで母親の救いを求めたのであろう。彼の重そうな瞳は、ふとクリストフの姿をみとめた。老人は口を利こうとした。ルイザはクリストフを抱きかかえるようにして枕元に近づけた。ジャン・ミシェルは唇を動かして孫の顔をなでてやろうとした。しかし、すぐ発作が襲い、昏睡状態に陥ってしまった。それが、臨終であった。

泣き声と祈りの混雑のなか、クリストフが真っ青になって歯を食いしばり、目をかっと見開いて、わなわな震えながらドアハンドルをつかんでいるのをルイザが発見したのはそれから三、四分たってからのことだった。突然、彼の両腕がひきつった。ルイザが駆け寄って、クリストフを抱いて家に連れて帰った。彼は気を失ってしまった。その晩と翌日の昼のあいだ、熱に苦しんで過ごした。次の夜はぐっすり眠って次の日の昼頃まで眠りつづけた。人が部屋を歩く気配や、母が見にきたり、抱擁されたりするのが感じられた。遠い鐘の音が心地よく響いてくるような気がした。

目を開けると、大好きなゴットフリート伯父さんが来ていた。疲れ切ってクリストフは何も覚えていなかったが、やがて思い出して泣き出した。ゴットフリートは立ち上がって抱擁してくれた。そしてやさしく、

「どうした、坊や、どうした!」と、言ってくれた。

「伯父さん! 伯父さん!」クリストフは伯父さんに抱きついて泣いた。

「泣くがいい! 泣くがいい!」彼も泣いていた。

少し悲しみが静まると、クリストフは涙を拭いてゴットフリートを見つめた。

ゴットフリートはクリストフが何かをたずねようとしていると気づいた。

「いけない、話しちゃいけないよ、泣くがいい。話さなくてもいいよ」

「たったひとつだけ、ひとつ」

「なんだね?」

「伯父さん、お祖父さんは今どこにいるの?」

「神さまと一緒にいるんだよ」

クリストフはそんなことを聞いたのではなかった。

「ううん、まだわからないの？　どこにいるのさ」クリストフの声は震えていた。クリストフはお祖父さんの亡骸のことを聞いていたのに。

「今朝お葬式をした。鐘を聞かなかったかい？」

クリストフはほっとした。それから、懐かしいお祖父さんはもう帰らないのだと思うと、またしゃくりあげて泣いた。

お祖父さんを天国へお召しになった神さまがクリストフには恨めしかった。

「僕、神さまなんか大嫌いだ！」と彼は拳固を天に向けて叫んだ。

ゴットフリートはびっくりしてクリストフを制止した。そして神さまのみ心に従わなければならないと言ってきかせた。


新しく掘り起こされた土の上を月日が過ぎていき、雨の夜が渡っていく。その土の下には、老ジャン・ミシェルが、かわいそうにひとり淋しく眠っているのだった。

泣き悲しんでいたメルキオールは、まだ一週間たつか経たないうちに陽気な笑い声をもらすようになった。

しかし、クリストフは昼も夜も死の恐怖に苛まれつづけた。お祖父さんの最期の苦しみをいつまでも忘れることができなかった。お祖父さんのことを忘れた夜はなかった。どれほど美しいものも、どれほど強いものも、死という恐ろしい悪魔の前にはまるっきり力がない。そう思うと、彼はたまらなく苦しんだ。しかし、彼はそれでも負けなかった。どれほどの困難にも、苦しみにも、倒れるまでまっすぐに進んでいった。

クリストフは、死の恐ろしさも、生計の苦しさのためにいつのまにか忘れてしまった。ジャン・ミシェル一人が支えてきたクラフト家は柱を外されたように傾きはじめ、貧困が入り込んできた。

そのうえ、メルキオールはお祖父さんという監督がいなくなると、仕事に精を出すどころか、かえって自堕落になってしまった。

毎晩酔いつぶれて帰ってきた。お金は少しも持って帰らなかった。出稽古の口も大方《おおかた》なくしてしまった。オーケストラでも少しもまじめでなくなった。演奏がもう終わる頃に劇場へやってきて、そのときは、免職させると脅かされた。舞台に出るのをすっかり忘れたこともあった。

クリストフには、父の行いが恥ずかしくてたまらなかった。彼は父が仲間からも、町じゅうの人からも笑われていることがどんなに情けなく、つらく思ったことだろう。少年の彼は演奏のときにも酔いどれの父を監督しなければならなかった。メルキオールは、自分が稼いだお金で飲むだけでは満足しなかった。妻や息子が苦心して得た金まで使った。ルイザはいつも泣いた。クリストフは怒った。しかし、メルキオールは平気で、息子の手から金を奪っていった。ルイザとクリストフのたった一つの方法は、金を隠すことだった。しかし、メルキオールは、彼らの留守にそれをさがしだすのが、ふしぎに巧妙だった。

それればかりではなかった。メルキオールはジャン・ミシェルが残していった大切《たいせつ》な品物まで売り払っては、お酒に代えだした。クリストフは、くやしさと愛着のつまった思いで、それをながめていた。しかし、ある日メルキオールが、お祖父さんの古いピアノを厄介払いにしようと言い出したときに、クリストフは、やっきになって反対した。この古ぼけたピアノは、幼いクリストフにはじめて音楽のふしぎな国を教えてくれた忘れることのできない旧友なのである。

あくる日、クリストフは仕事から疲れて帰った。すると、二人の弟は変な目つきをして、顔を見あわせていた。何か問題があったなと感づいた。父はいつになくやさしい口を利いた。しかし、父が二人の弟に目配せしているのを見た瞬間に、クリストフははっとした。そして、自分の居間に飛び込んでみると、ピアノのあったところが空っぽになっていた。弟たちは吹きだした。メルキオールも、思わず吹きだした。

クリストフは、気が狂ったように父親に飛びかかって、父の胸ぐらをつかんだ。そして、「どろぼう！」と叫んだ。

メルキオールは、クリストフを床石の上に投げつけた。クリストフは悔しまぎれにしがみついた。

「どろぼう！……僕らのものを盗むどろぼう！　母ちゃんや僕らのものを……お祖父さんのものを売るどろぼう！」

メルキオールは、クリストフの頭に拳固をふりあげた。子供は恨めしそうに父を見た。悔しさで、ぶるぶる震えていた。メルキオールも震えだした。そして両手で顔をかくした。騒ぎのあとには沈黙が続いた。メルキオールは、なんだかぶつぶつ言っていた。

「おれはどろぼうだ！……おれは、うちのものをはぎ取るのだ。子供らもおれを馬鹿にしている。いっそ死んだほうがましだ！」

そのぐちが終わったとき、クリストフはキッとしてたずねた。

「ピアノはどこにあるんです？」

「ヴォルムゼルのところだ」と、メルキオールは子供の顔を見る勇気もなく言った。

「お金は！」

メルキオールは、ポケットから金を取りだして、息子に渡した。クリストフが出ていこうとすると、呼びとめた。

「クリストフ！……」

クリストフは、立ちどまった。父は震える声で言った。

「クリストフや！……おれを軽蔑してくれるなよ！……」

クリストフは、父の首に飛びついてすすりあげた。

「お父さん、だいじなお父さん！　ぼくは、軽蔑なんかしやしません！　ぼくは悲しいのです！」

二人とも声をたてて泣いた。メルキオールは、われとわが身を嘆いた。

「おれのせいじゃないんだ。これでも、おれは悪人じゃない。な、クリストフ、おれは悪人じゃないだろうな？」

メルキオールは、もう酒を飲まないと誓った。クリストフは信用しなかった。すると、父は、じつのところ、お金が手にあるうちは飲まないではいられないと、白状した。

そこで父と子は話しあった、メルキオールは、すすんで自分の俸給を自身で受け取らないで、クリストフに渡してもらいたいと、大公に手紙を書いた。しかし、クリストフはそんなことをして、父に恥をかかせたくなかった。ルイザも夫にそんな恥をかかせるなら、もの乞いをするほうがましだと言った。そのことによって、メルキオールは生活を立て直すことになるかもしれないと、誰もがのぞんでいた。

しかし、メルキオールは、すこしも心をあらためず、クリストフをなぐりつけては金を奪っていくことをやめなかった。ルイザは涙のかわくひまもなかった。

クリストフは苦しんだ。どうすればいいのか？　このままで、父のわがままをゆるしておいては、家じゅうは食べていけなくなる。そうかといって、父の恥を世間にさらすのは死ぬほどつらかった。母や弟たちを飢えから救うために、母の願いも込めて、とうとう、クリストフは意を決して、父がしたためたままになっていたあの大公あての手紙を、宮廷に持っていった。願いはすぐ聞き届けられた。しかし、クリストフは悲しくてならなかった。父に申しわけなかった。許してもらいたかった。良心が咎めた。夜も、ろくろく眠れなかった。

二、三日たってから、そのことを知ったメルキオールは、火のように怒って、クリストフたちの止めるのもきかずに、宮廷へ喧嘩に出かけた。やがて、恥いった顔つきで戻ってきて、そのことはひとことも言わなかった。

メルキオールの悪いくせはすこしも直らないばかりか、ますます募っていった。なんとかして、クリストフからうまく金をひきだそうとした。クリストフがそういう罠にかからなければ、その仕返しに飲み屋に行って飲みつくし、勘定は息子が払うからと言った。クリストフとルイザは、涙と汗でやっと稼いだお金で、父親の飲みしろを払わなければならなかった。

自分で俸給を受け取れなくなると、メルキオールはヴァイオリニストの職まで怠りはじめた。あまりにも欠勤が多かったので、クリストフのたび重なる願いもむなしく、メルキオールは劇場から追いだされてしまった。そのためクリストフは、子供の細腕ひとつで、父や、弟たちや、家じゅうのみんなを養わなければならなくなった。

こうして、クリストフは十四歳で世帯主となった。

2　家の主《あるじ》は十四歳

少年クリストフはこの重荷をしっかりと受けとめた。彼の自尊心は、人の助けを借りることなく、ひとりで難関を切り抜けようと決心した。それで、母が恥ずかしい施しものをもらったり、欲しがったりするのを見て、幼い頃から非常に苦しんだ。人の良い母が、奥さまからもらった贈りものを得意になってもって帰るのが、いさかいの種となった。ルイザはそれを悪いとは少しも考えなかったばかりか、そのお金で少しでもクリストフの骨折りが省かれもし、粗末な夕飯に一皿でも添えることができるのを喜んでいた。しかし、クリストフは顔を曇らせて口も利かず、そんな食べ物には箸もつけないこともあった。

しかし、クリストフの給料だけでは一家の生活を賄《まかな》うことはできなかった。他にも仕事をみつけねばならない。彼の技術と評判と、ことに大公の庇護のおかげで、上流社会に個人教授の場が多くできた。毎朝九時から自分より年上の令嬢たちにピアノのレッスンをする。彼女たちは艶かしい身振りをして彼を恥ずかしがらせたり、まずい弾き方をして怒らせたりした。音楽にかけてはまるで無知なくせに、クリストフの滑稽な点を見抜くことにかけては鋭かった。クリストフの無作法な様子や、どぎまぎするところや、不格好な足つきや、恥ずかしさで萎縮した体など、意地悪く注意した。

こういうレッスンを済ませてから、劇場の練習に駆けつけなければならなかった。昼食を食べるまもなく急いで家に帰り、台所からパンとハムの切れ端をポケットにしのばせて、劇の幕間にかじった。時には自分の持ち場だけでなく楽団長の代わりにオーケストラの稽古の指揮もしなければならなかった。それに自分の勉強も怠けていてはならない。夜は仕事が終わってからも、宮廷に上がって演奏しなければならないこともしばしばだった。

こうした毎日の暮らしに、クリストフは疲れ果てた。両手は火照り、頭はガンガン熱く、大汗をかき、お腹は空っぽになって宮廷を出る。すでに夜中だった。外は雪が舞っていた。

路は遠かった。歯ががたがた震えた。眠かった。泣きたかった。帰ってみると、弟たちは眠りこけていた。息苦しい屋根裏部屋にたどり、やっと貧苦の首輪を外すことが許されるこの瞬間ほど、自分の生活のいやなことや、絶望を感じたことはなかった。これほど孤独の淋しさに打ちのめされたこともなかった。

こうして、彼の命の泉まで毒されてしまった。彼の空想さえも自由ではなかった。しかし、この束縛は彼の空想をますます強くした。何も妨げるものがないときこそ、魂はかえって活動を鈍らせるものである。

不安や平凡な仕事に縛られれば縛られるほど彼の心は反抗し、自分の独立を感じるのであった。もし彼の生活に障碍がなかったなら、彼は怠けていたにちがいない。毎日わずかな時間しか自由でないために、彼の力はちょうど岩の間をながれる急流のように、自由な時間めがけてとびかかるのである。クリストフは自由というものの値打ちを十分に知った。そして一分でも無駄にはしなかった。これは彼の芸術のためにも、彼の精神のためにも、この上もなくよい教えであり、影響であった。彼は音楽のどんな小さな音の一つ一つにも深い意味をも見出すようになった。

しかし彼の作曲はとうてい自分を完全に表現することはできなかった。そのため、彼は苦しんだ。書きあがった曲は、いつも自分の感じていたものより劣っていると気がつくと、腹立たしくもあり、悲しくもあった。しかし彼は失敗したからといってあきらめることはできなかった。みごとな大作を書こうと焦った。こういう苦しい、忙しい、疲れの多い生活の中に彼を慰めてくれる友も、遊び仲間もいなかった。

ほかの子供たちが無邪気に遊んでいるときに、同じ子供でありながら、クリストフは薄暗い劇場やオーケストラの椅子に座ってじっとしていなければならなかった。夜、ほかの子供たちは気持ちよさそうに眠っているときにも、彼は倒れそうに疲れた体をじっとこらえて働かねばならなかった。

弟たちとはあまり仲がよくなかった。末の子のエルンストは十二歳だったが、あくたれで、怠け者で、身勝手であった。どの弟も音楽が嫌いで、クリストフを軽蔑していた。そしてクリストフの人が良く信じやすい性質につけ込んで、兄を騙《だま》してはお小遣いをせびったり、出まかせのウソをついたり、かげで兄を嘲ったりしていた。他から優しい言葉をかけられ、愛してもらいたかったクリストフは、いつも弟たちに騙されていた。

夕方、明りを囲んで、つまらない世間話や皿の音を聞きながら、シミだらけの食卓布につく家庭の夕食は、悲しい会合であった。彼は家の人たちを軽蔑しながら、かわいそうに思い、どうしても愛せずにはいられなかった。クリストフは優しい母親が自分を愛してくれるのを感じていたが、ルイザも昼間の仕事に疲れきって、夕飯がすむと靴下など繕いながら居眠りをしていた。

こうしたひとりぼっちの、淋しい、苦しい生活が、ひと一倍頑丈だった少年の体をひどく損なっていた。あまりの疲労と、年にふさわしくない生活の苦労が毒になったのである。たいそう小さいときから、吐き気やひきつけを起こしたり、気が遠くなることもあった。眠れないことが多かった。眼が痛んだ。乏しく不規則な食事のために胃を悪くした。下痢にも苦しんだ。いちばん重症だったのは、彼の心臓だった。今にも胸が張り裂けるかと思うほど彼は独りで苦しんだ。体が焼けるように熱が出たかと思うと、また寒気でぶるぶる

震えだした。

けれど、クリストフはこの体の異状を親たちに打ち明ける勇気がなかった。彼はひとりで苦しんだ。いまにも死にはしないかと怖れた。

ああ、もし成し遂げる前に死ななければならなかったら！……

勝利……これこそ不幸な少年クリストフの心につきまとっている願いであった。どんな悲しみのなかでも、失望の折でも、この願いが彼を助け、励ましてくれた。自分はいまはヴァイオリン弾きのちっぽけな少年にすぎない。しかし、未来には、ほんとにめざましい真の音楽を自分の魂から生みだすのだ！　偉くなるのだ！　今にみていろ！　成功するのだ！　彼はこの未来の光を唯一の頼りに、目標に、暗い生活の山路を、重荷を背負って忍耐強くのぼっていくのだった。

クリストフは屋根裏の部屋で、ただひとり古いピアノを弾いている。日が暮れてくる。

微かな光が楽譜の上にすべっている。最後の光のしずくが消えるまで、彼は眼を痛めながら読みつづける。亡くなった偉大な人々の心の愛情が、これらの無言の楽譜から湧き出て、その呼吸が彼の頬に触れ、その両腕が彼の首に絡みつくような気がする。自分は孤独ではないと感じる。そうでないと知る。愛し愛される一人の魂が自分のすぐそばにいるのである。ただそれを捉えがたいことが嘆かれる。けれども、何とも知れぬ歓びが少年の心に触れる。彼は昔の天才音楽家のことを懐かしく考える。それらの魂は今もなお彼らの音楽のなかに生きていて、悲しみに閉じたクリストフの暗い心に、美しく気高い光を投げかけてくれるのである。いつかは、彼もまた彼らの一人となり、喜びの暖炉となり、生命の太陽となるであろう！……

3　ミンナ

クリストフの家の近所に、公園のような広い庭園に囲まれた古いお屋敷があった。クリストフは幼い頃から、このひっそりとした庭の景色を愛して、石塀に登っては眺めていた。

その美しく茂った樹立からは、春はリラ、夏はアカシヤ、秋は枯葉の香りが漂っていた。

ある朝、クリストフが露地を通ると不思議にもその館の窓が開いていた。どうしたのだろう！　この古い館は十五年間の長い眠りから目を覚ましたのだろうか？

クリストフは食事のとき、その館のうわさを耳に挟んだ。それは、枢密顧問官シュテファン・フォン・ケーリッヒ氏の未亡人が令嬢を連れて、ベルリンから帰るということであった。

その話を思い出したクリストフは、夕方、好奇心に駆り立てられるまま、石塀に登っていつもの観察スポットから庭のなかを眺めていた。木立は明るい夕陽の光のなかにまどろみつつ、ひっそりしていて人影も見えなかった。彼の心はすべてを忘れて、じっと耳をすましていると、もののけ漂うこの庭園のなかにたゆとう音楽が聞こえてくる。それは彼の心の囁《ささや》きであろう、じっと耳をすましている……何もかも忘れて……

急にはっとしてクリストフは夢から醒めた。庭の小径に佇んでいる二人の女性が自分を眺めていたのだった。一人は優雅な黒衣をまとった金髪の若い上品な女性で、優しく、冷やかすような眼つきで眺めていた。もう一人は、立派な喪服をつけた十五、六歳の少女で母の少しうしろに立って、おかしくて我慢ができないといった顔をしていた。母は「笑うのはお止しなさい」と制止していた。

色の白いピンクの頬をした、丸顔の初々しい少女であった。彼女はいくらか大きいかわいい鼻と少し大きい愛くるしい口元をしていた。くりくり太った小さい顎《あご》と美しい眉と澄んだ瞳をしていた。ふさふさした金髪はまるいえり筋とつやつやした色の白い額を見せて冠型に頭に巻かれていた。

クリストフはすっかり面喰らって、逃げだすこともできず、その場に釘づけになってしまった。美しい貴夫人が彼の方へ歩いて来るのを見ると、彼は飛び下りて、一目散に逃げ

だした。
「坊ちゃん！」と馴れ馴れしく優しく呼びかける声がきこえた。小鳥のさえずりのような滑らかな声、そして無邪気な吹き出す笑い声も聞こえた。彼は恥ずかしさで真っ赤になって逃げ帰った。それからひと月たって、クリストフは宮廷の音楽会で、自作のピアノ協奏曲を弾いた。演奏の途中でふと彼は、正面の桟敷にケーリッヒ夫人と令嬢の姿を見かけた。クリストフはぽっとなってオーケストラへの答礼も忘れるほどだった。演奏が済むとケーリッヒ夫人と令嬢は見てくれと言わんばかりに、少し大袈裟に拍手をした。彼は急いで舞台を離れて、劇場を出ようとすると、廊下で人の列の後にケーリッヒ夫人が立っているのを見かけた。夫人はクリストフを待っているらしかった。すると彼は引き返して、裏門から出てしまった。彼は往来で夫人に会うのが怖かったので、遠くから夫人に似た姿を見かけると他の道を通ることにしていた。

ケーリッヒ夫人の方から、クリストフに会いにやってきた。ある日クリストフは夫人から、お茶に招かれた。彼は恥ずかしかったので行きたくはなかったが、母ルイザがその場で「あがります」と使いに返事をしてあったので、仕方なしに出かけた。

その日は冷たい小雨だったが、立派な部屋の暖炉には赤々と薪《まき》が燃えていた。夫人は編物を膝に乗せ、令嬢は書物を手にしていた。クリストフを見ると、夫人は微笑《ほほえ》みをたたえて手をさし伸べた。そして挨拶をすますと、

「娘のミンナでございます、たいそうお目にかかりたがっております」と娘を紹介した。

「でもお母さま……はじめてお目にかかったのじゃなくてよ」

そして彼女は吹きだした。

「やっぱり僕に気づいていたんだ」とクリストフは動揺した。夫人のにこやかな挨拶はお決まりの言葉であったが、少し皮肉がこもっていた。クリストフは微妙な表現が理解できていなかったので、まずはほっとしていたところだった。
「なるほど、わたくしどもが到着しました日にお訪ねくださいましたわね」と、「ほほっ」と夫人はう

なずいた。すると娘はますます笑い、涙が出るほど笑いこけた。ミンナは、塀の上で何をしていたかと訊ねた、クリストフはすっかり戸惑い、しどろもどろだった。

夫人は話題を変え、優しく、彼の生活について訊ねた。しかしクリストフは落ちつかず、どぎまぎしてばかりだった。

そのうち、クリストフは乞われるままにピアノに向かってモーツァルトの「アダージョ」を弾きはじめた。すると不安も恥ずかしさも融け、彼の天性の音楽と響き合い、春の生命力あふれる魅力が満ち満ちた。夫人は感動して大袈裟に賞めた。ミンナは黙っていたが、会話には馬鹿な少年でも、鍵盤の上の指先はなんと巧みなものかと感心した。クリストフはなかばミンナの方を向いて、恥ずかしげな微笑みを見せて、うつむいたままで「僕は石塀の上でこんなことをしていたのです」と言いながら、彼は小曲を弾いて答えた。夫人もミンナもうっとりと聴きほれていた。弾き終わると、ケーリッヒ夫人は立ち上がって、嬉しそうにお礼を述べた。ミンナは拍手して「すてきだわね！」と叫んだ。夫人は、クリストフにいつでも庭へ遊びに来てもいいと言った。それから、夫人も知っていたクリストフのお祖父さんのことを話題にした。二人の優しさが、クリストフの身に沁みた。彼はケーリッヒ夫人の茶色の眼と、ミンナの青いやさしい光を胸に抱いて帰ってきた。花のようにやわらかな指先の快い感触、これまで嗅いだこともない芳しい香りに包まれているように感じられた。

それから、クリストフは一週に二度ミンナにピアノを教えることになった。音楽や話に夕方までかかることもあった。ケーリッヒ夫人は三十五歳で夫を失ったが、それからは社交界から退いて、熱心にひとり娘のミンナの教育をしていた。賢い夫人は人の欠点と滑稽な点とを一目で発見した。そして悪意は少しもなかったが、他人を茶化しながら、世話をするのが好きであった。

夫人はまだ夫の喪にこもっていたので、少年のクリストフは夫人の気晴らしにいい友となった。クリストフの音楽にうっとりと聴き入るとき、夫人は心の哀しさを癒された。

しかし、夫人は音楽よりもクリストフの行く末に興味をもっていた。クリストフの真の独創を見分けることはできなかったにしても、聡明な夫人は彼が稀な天分の才をもっていると感じていた。そしてこの秀れた才能の芽が、少年の内部に伸びてゆくのをものの珍しげに注意していた。しかし彼女は、クリストフの不作法なこと、醜いこと、滑稽な血気や粗野なことなどを面白がっていた。しかしクリストフは夫人の親切ばかりを感じ、嘲笑には気づかなかった。

クリストフは職務のため毎日宮廷に出て、上流の人たちとつき合っていたけれども、いまだに教育もしつけもない荒っぽい子供にすぎなかった。勝手な廷臣たちは、クリストフの音楽の技術を利用することばかり考えて、少年の世話をしたり、話し相手になって物事を教えてやろうと思う者はいなかった。お祖父さんが死んでからは、家でも外でも誰ひとり、彼を教育して一人前の人間にしてやろうと考える者はなかった。

自分の学問のないことと、態度の下品なことに心を悩ませて、クリストフは自分の教育に自分ひとりで苦心していた。しかし思うようにはいかなかった。書物も、話し相手も、模範となるものも、何もかも不足していた。

しかしケーリッヒ夫人に近づきになってからは、すべてに都合がよかった。クリストフが訊ねるまでもなく、夫人の方から、してはいけないことは穏やかに教えてくれ、洋服の着方、食事の仕方、歩き方、話し方などについても細やかに教えてくれた。

彼に学問がないことにもさほど驚いた風も見せずに、一般教養や文学についても教えてくれた。ミンナと彼に、歴史の面白いところや、ドイツの詩人や外国の詩人たちの詩を読ませてくれたりもした。

夫人はまたクリストフの洋服の世話をして、仕立直しをしてやったり、羊毛の襟巻を編んでやったり、身につけるこまごましたものをくれたりした。クリストフはこうした夫人の親切を、まったく自分だけに注がれる、特別な愛情だと信じて深く感謝していった。

ミンナはまるで最初の日とは違って、冷たく、よそよそしかった。クリストフの教えることにも注意しなかった。ミンナは彼を好いても嫌ってもいなかった。ただ他に友だちがなかったので、クリストフを相手にピアノの稽古をしたり、遊んだりすることを面白がっていた。ミンナは育ちの良い令嬢らしく、無邪気な空想から恋のことばかり考えていた。しかしクリストフは令嬢からちょっと横目で見られると胸さわぎがした。

彼はどんなに夫人とミンナを愛していただろう！　何処へ行っても二人の面影をいだいていた。二人の本を読む姿を眺めながら、夕暮れの幾時間を過ごした。夜、寝床のなかで眼を大きくみはって空想にひたった。昼間オーケストラで、半ば眸《ひとみ》を閉じて鍵盤の上に指を走らせながら、夢見心地で考えていた。彼は二人に対してあどけない愛を抱いていた。恋ということは知らなかったけど、しかし恋しているのだと思っていた。しかし夫人と令嬢のどっちを恋しているのかよくわからなかった。どっちかに決めなければならぬとすれば、ケーリッヒ夫人の方だと思った。すると、果たして、夫人の方を愛していることがわかった。夫人の賢い眼つきや、いくらかほころびかかった唇からもれる微笑みや、柔らかな声や、優しい手や、まだ知らない恋心を恋していた。夫人がそばに座って、わからない本の文句を説明してくれるときには、彼は幸福の身震いを覚えた。夫人が片手をクリストフの肩にのせると、夫人の指の温かみや呼吸を頬に感じ、身体のいい香りを感じるのだった。彼はうっとりとなって聴いていたが、本のことは少しも考えていなかった。夫人は彼をいつまでもかわいいロバ（お馬鹿）だと言って、彼の鼻を書物に押しつけた。クリストフは夫人のかわいいロバであるなら、夫人の家から追い出されないなら、ロバでもいいと答えた。夫人はおとなしくするなら、家に置いて可愛がってあげると言って、笑った。クリストフは嬉しくてたまらなかった。

クリストフは、自分がケーリッヒ夫人を愛していることに気づいてから、ミンナから離れていた。令嬢の、人を馬鹿にしたような冷淡さが癪にさわりだした。そして次第に無遠慮になって勝手な態度をとった。ミンナもクリストフを怒らせるのが好きだった。二人はいつも悪口ばかり言い合った。

クリストフはわざとむずかしい稽古をやらせた。するとミンナはかたき討ちに、できるだけまずく弾こうと心掛けた。クリストフは決してお世辞を言わなかった。それをミンナは怨んでいた。クリストフの言うことには何でも逆らって、口ごたえをした。弾き間違えても、譜のとおり弾いたのだと強情をはった。ミンナは鍵盤に俯向きながら抜け目なくクリストフを観察していて、クリストフの癇癪を起こさせるたくらみを考えた。

ある日、ミンナは苦しげに咳をして、わざとハンカチを落とした、するとクリストフは無愛想に拾ってやった。ミンナは気どった風に「ありがとう」とぞんざいに礼を述べた。

ミンナはこれに味をしめて、翌日もこの冗談をくり返そうとした。彼はぷんぷんしていた。ミンナはちょっと待っていたが、怒った口調で言った。

「ハンカチを拾ってくださらない？」

クリストフはもう我慢ができなかった。

「僕はあなたの召使いじゃありませんよ！　自分で拾いなさい」

ミンナはカッとなって急に立ち上がった。椅子は倒れた。

「ずいぶん酷いわ！……」腹立たしげに鍵盤を叩きながら、出ていった。

霧の深い三月のある朝、灰色の空気のなかに、細かい雪が羽毛のようにちらちら舞っていた。二人は勉強室にいた。部屋は薄暗かった。ミンナは音符を間違えても、そのとおり書いてあると強情をはっていた。クリストフは嘘とは知っていたが、その場所をよく見ようと楽譜をのぞきこんだ。ミンナは手を楽譜台にのせて動かさない。彼はその手のすぐそばに口を近づけた。読もうと骨折ったが読めなかった。他のものを見ていたのだ――花びらのようにしなやかな、透きとおったその手を見ていたのだった。だしぬけに、（どんなことが頭に浮かんだかわからなかったが）――この可愛い手に力いっぱいに唇を押しあてた。

二人ともびっくりした。クリストフはうしろに飛びのいた。彼女は手を引っこめた。二人とも真赤になって……もう一言も交わさず、顔も見なかった。ミンナはどぎまぎしてしばらく黙っていてから、またピアノを弾きだしたが、弾きまちがえてばかりいた。クリストフはそれにも気がつかなかった。彼女よりずっと心が乱れていた。ミンナが何を弾いているのかもわからなかった。

クリストフと別れてひとりになっても、ミンナはいつものとおり母のところへは行かずに、自分の居間にこもって、さっきの出来事を考えた。鏡の前へ肘をついてみた。自分の眼がいつもより美しく輝いているように思われた。美しい自分の顔を嬉しげに眺め、さっきのことを思い浮かべて赤くなったり、にこにこ笑ったりしていた。食事の折も快活だった。午後は外出もせず、客間で縫物を手にしていたが、十針も縫ってはいなかった。その縫い目も曲がりくねっていた。ひとりで笑っていた。大声で歌って部屋中を飛びまわった。ケーリッヒ夫人は正気ではないと言った。

その夜、ミンナは容易に眠れないで、同じことばかり考えていた。洋服を脱ぎながら、ベッドの上に

座って、手をとめてクリストフの面影を思い浮かべようとした。もうクリストフは醜男ではなかった。彼女は灯火を消して床に入ったが、十分もたつと今朝のことを思い出して、こらえきれず笑いだした。

母はミンナが本を読んでいることと思って、そっとドアを開けた。ミンナはぱっちりと眼を開けて寝ていた。

「どうしたの？　どうしてはしゃいでいるの？」

「どうもしないわ。考えているの」

「あんたひとりでふざけて嬉しがってるね。でも、もう寝なくちゃいけませんよ」

「はい、お母さま」とミンナは素直に答えた。けれど心のなかでは、

「あっちへいらっしゃい！　あっちへいらっしゃい！」と怒鳴っていた。

ミンナはうとうとしかけると不意に嬉しさで躍り上がった。

「愛してくれてるわ……ほんとに幸福だわ！　愛してくださって、優しい方！……あたしもどんなに愛しているか！」

彼女は枕を抱きしめて、ぐっすり寝入った。

クリストフはミンナが親切になったのに驚いた。素直な天使であった。意地悪い女生徒らしいいたずらは止めて、つつましやかにクリストフの教えを聴いた。そしてみるみるうちに驚くほど上達した。そしてクリストフにほめられると嬉しさで赤くなって、感謝に眼をうるませた。

ミンナはクリストフのために化粧をこらし、美しい色のリボンをつけた。

彼女はいつもクリストフの顔を見つめては、待っていた。何を……？　彼女はクリストフがこの間と同じことをするのを待っていた。しかし彼はもうそんなことはしまいと用心していた。それがミンナには焦れったかった。ある日、彼女は自分の手をいきなりクリストフの唇に押しつけた。彼はびっくりした。動転した。恥ずかしかった。しかし熱烈に接吻した。

クリストフはとうとう自分が誰を愛していたかがわかったので、嬉しかった。彼はほっと胸を撫で下ろした。決まった相手のない恋くらい人を疲れさせるものはない。それは熱病のようにさまざまの力を滅ぼし、溶かすものである。

二人は愛していながら、おたがいに何もはっきりした考えをもっていなかった。離れていればおたがいに美点を想像し、一緒になれば欠点を見ていた。

ミンナは好奇心が強く、小説を自分で実行しようと考えていた。二人の恋はおおかた書物からきたもので、読んだ小説を覚えていて、実際は感じていないことまで感じたと想像していた。

けれど、こういう小さな虚偽や小さな利己心が恋愛の気高い光輝の前に消え去るときが迫っていた。ある日、ある時、永久の数時間……それはまったく思いがけないときであった。

ある夕暮れ、二人きりで話していた。夕闇は客間に落ちかかっていた。二人の話は重々しくなって、無限だとか、生だとか、死だとかについて話していた。ミンナは孤独の淋しさを嘆いた。するとクリストフは、

「口で言うほど淋しくはないでしょう?」と言った。

「いいえ、なんでも口先だけよ。めいめい自分のために生活していますわ。誰もかまってはくれないし。愛してもくれないわ」二人とも黙った。

「で僕は？」感激に青ざめて、クリストフは言った。

ミンナは夢中になって飛び上がり、クリストフの両手をとらえた。

ドアが開いた。二人は飛び退いた。ケーリッヒ夫人が入ってきた。クリストフは書物に読みふけっているふりをした。しかし逆さに読んでいた。ミンナは縫物の上に屈んだ。しかし、指に針を立ててしまった。

その翌日、二人は中途で切れた話がしたかった。都合よくケーリッヒ夫人と一緒に散歩に出かけた。話せる機会はいくらもあった。しかしひとことも交わさなかった。クリストフはできるだけミンナから遠ざかっていた。ミンナは腹をたてて素気ない様子を見せた。しかし、それはおたがいの誤解であったことが後になってわかった。

ある日、朝から午後まで雨が降った。二人は家に閉じこもって、ろくに口も利かずに本を読んだり、欠伸《あくび》をしたり、窓から眺めたりしていた。四時頃に空が晴れると、二人は庭に出て、ライン河に臨んだ芝生を眺めながら、バルコニーにたたずんでいた。湿った地の匂いと花の香りが混ざって漂ってきた。二人は黙っていた。

突然ミンナは振り向きもせずに、クリストフの手を握って、言った。

「いらっしゃい！」

彼女はクリストフを引っ張って、林のなかの黄楊《つげ》の茂った丘の小道の方へと駆けていった。二人は坂を登った。ぬかるみで滑った。濡れた樹々は二人の頭上に梢を揺すぶった。頂き近くまで行った。ミンナは立ち止まって、呼吸をついた。

「待って……待って」

彼は彼女を見た。彼女は横を向いて、唇を半ばほころばせ、呼吸をはずませてにこにこしていた。ミンナの手はクリストフの手に握りしめられて痺れていた。握りしめた掌《たなごころ》と指のなかに血の脈打つのが感じられた。あたりはしんとして、梢のしずくが銀のような響きをたてて落ちた。ミンナは彼の方へ振り向いた。稲妻のように、彼女は彼の首に抱きつき、彼はミンナの胸に身を投げかけた。

「ミンナさん！　ミンナさん！　僕の恋人！」

「愛してよ！　クリストフさん！　愛してよ！」

FM

二人は濡れたベンチに腰を下ろした。二人の心には甘い、深い、とてつもない恋しさが浸みとおった。他のものはいっさい消滅してしまった。わがままも、虚栄も、心残りもない。魂の雲はみな恋の風に吹き払われてしまった。「愛する……愛する」と涙に濡れた二人の眼は笑いながら言っていた。この冷たいわがまま娘と傲慢な少年とはおたがいに相手のために身を捧げ、犠牲になりたい心でいっぱいだった。もうわれとわが身がわからなかった。二人の心も、顔も、眸も、驚くべき親切と愛情に輝いていた。これこそは純潔と献身との瞬間で、それは生涯に二度とは帰ってこないものであった。誓い、接吻、きれぎれな夢中の言葉……

ミンナと別れても、クリストフは家へは帰らなかった。とても眠れそうにもなかった。郊外に出て、野中を歩いた。夜っぴいてあてもなしに。空気は爽やかで、野は暗く、寂しかった。丘に登った。微かな町の灯りが震え、闇空には星が瞬いていた。彼は路ばたに座った。にわかに、わけもなしに、涙が止めどなく流れた。幸福すぎるのだ。あまりの嬉しさに泣いたのだ。彼はとうとう泣き寝入ってしまった。目が覚めると仄《ほの》かな曙であった。真白い朝霧は川面にたなびき、町を包んでいた。その町にはミンナが幸福に胸を照らされ、疲れきって眠っているのだった。

朝から二人は都合よく逢うことができた。そしておたがいに愛しているということをくり返した。しかし昨日のような気高いうっとりした心持ちにはなれなかった。ミンナは少し恋の芝居をしていた。彼はもっと真面目ではあったけれども、やはりある役割を演じていた。二人は行く末のことを話し合った。彼は貧しい自分の身の上を嘆いた。するとお金に不自由した覚えのない、お金の値打ちを知らないミンナは、鷹揚な様子をして、お金などには頓着しないと言った。クリストフは偉大な芸術家になると誓った。

二人は何とも言えない、詩心に満ちた瞬間があって、淡い霧をつらぬく日光のように突然輝きだすのだった。それは何の意味もないようなものだが、二人を幸福な想いに浸す言葉や眼差しや身振りであった。

二人はものの美しさを見出した。春はめざましい快さをもって微笑んでいた。大空は輝きわたり、空気は二人の知らぬ愛情を湛えていた。何もかもが二人には美しく、懐かしく、微笑みかけてきた。

ミンナはブランコに腰かけ、膝に本を乗せ、眼をなかば閉じて快い疲れにうとうとしながら、身も心も春の大気のなかに漂わせて、空想にひたった。シューマンの音楽を聴いては涙を流した。ミンナもクリストフも、すべてのものに対して憐れみと親切とを感じた。

クリストフはこの小さいミンナの面影と離れずに暮らしていた。劇場で彼女の笑い声を聴いたとき、庭で彼女の洋服を遠くから見つけたとき——彼はいつも胸を轟かせた。しばらくは眼もぼうっとなった。血潮の急流が体じゅうに流れわたるのだった。

このわがまま娘は奇妙な遊びをした。ビスケットに糸を通して、その両端をめいめいの口にくわえた。そして口で糸を手繰り寄せてビスケットをかじるのである。二人の顔と顔はくっつき、二人の呼吸は混ざり合った。二人の唇は触れ合った。すると二人は大げさに作り笑いをした。二人の手は冷たかった。クリストフは急に噛みついてみたい、いたずらをしてみたい誘惑を感じた。彼はあわてて後ろに飛びのいた。彼女はやはり笑っていた。二人ともくるりと横を向いて、冷淡を装いながら、そっと流し目に顔を見合わせた。二人はいつも、目を閉じていても、相手の声と顔色とを細かに読み分けた。恋人の心の反響を聞くためには、自分の心さえ聴けばいいのである。

二人は何の秘密も、疑いも、行く末の心配もなく、幸福と信頼とに満ち溢れて暮らした。それはのどかな春の日にも似ていた。二人には尽きることのない悦びであったが、それはやはり夢であった。この不思議なときには、二人の若者自身が夢になっていた。恋に溶かされていたのであった。

ケーリッヒ夫人はじきに二人の素振りに気づいた。そして、素知らぬ風をして、諭《さと》しも叱りもしなかった。けれど彼女は、ミンナの前で、クリストフの悪口を言ったり、彼の様子のおかしさを遠慮もなく大げさにいいたてた。ミンナは腹を立てて母に反対してみた。しかし、ケーリッヒ夫人の言葉に嘘はなかった。クリストフの靴がごつごつ大きいこと、洋服の粗末なこと、汚い帽子、田舎訛、へんてこな挨拶の仕方、粗野な大声など、ミンナの自尊心を傷つけそうなことはひとつとして見逃さなかった。

やがて、ミンナは前ほど優しい眼でクリストフを眺めなくなった。クリストフはそれをぼんやり感じて不安になってきた。クリストフがはしゃいでいると、ミンナはあまり騒々しく笑ってはいけないとたしなめた。クリストフが夢中になって喋っていると、ミンナは急に洋服の悪口を言った。クリストフは腹を立てた。けれどそれもミンナが自分を愛してくれるためだと信じて、自分の欠点を改めることに努めていた。

しかし、ミンナの心に起こった変化に二人が気づかぬうちに、復活祭がきた。そして、ミンナは母と二人でワイマールの親類のところへ出かけることになった。

いよいよお別れになると、二人は初めの仲にかえった。出発の前の日には二人は庭を散歩した。木陰で二人は永遠の誓いを交わした。そして毎日手紙を書くことを約束した。一つの星を決めて、毎晩同じ時刻に眺めようとも誓った。

とうとう悲しい別離の日が来た。クリストフは朝早くからケーリッヒ家に出かけた。廊下には鞄や荷物がいっぱいだった。部屋の隅にぼんやり座っているクリストフを見かけて、ケーリッヒ夫人は「おはよう」とあざけるように言った。やっとミンナが出てきた。彼女の顔は蒼ざめ、眼がはれていた。ミンナも昨夜は眠れなかった。夫人もミンナも旅仕度に忙しそうだったが、二人きりになるとミンナはクリストフのそばへ駆け寄って、手を取り、隣りの小さい客間に引き入れた。その鎧戸は閉まっていた。ミンナはクリストフの顔にすり寄って、力いっぱいに激しく抱きしめた。そしてすすり上げながら、訊ねた。

「約束して、約束して、いつまでも愛してくださすって？」

二人は声をしのんで啜り泣いた。人に聞かれまいとして、身を慄《ふる》わせつつ……足音に二人は離れた。

クリストフは夫人と令嬢と同じ馬車で停車場まで送っていった。二人の子供は向かい合って座りながら、泣きだすのを怖れて、ろくに顔も見交わせなかった。二人の手はそっと探りあって、痛いほど握りしめた。ケーリッヒ夫人はあざけるような、人の善さそうな様子で二人を観ながら、何も気づかぬ振りをしていた。

ベルが鳴った。クリストフは列車の入口にたたずんでいたが、発車すると、ミンナの眼ばかり見て、駅員を突き飛ばしながら、汽車に追い抜かれるまで走りつづけた。何も見えなくなるまで……

彼は家に帰った。幸いにも、家の者は出かけていた。朝からずっと彼は泣きに泣いた。

クリストフは別れていることの恐ろしい悲しみをはじめて知った。それはすべて恋する人の心には堪え難い苦しみである。何もかも空虚になった。足元に大きな深淵が開いたような気がした。恋人のいないのは死の仮面である。

ミンナの家の庭に入っても、芝生を眺めても、悲しみと苦しみの種だった。小径の曲がり角にも、木蔭のベンチにも、ミンナの面影を求めて、いたずらに淋しさを見出していた。彼は失望に胸もつぶれそうになって、家に帰ってきた。

家の人たちは何も知らずに暮らしていた。クリストフには家の人たちが嫌でならなかった。世間の人々も、相変わらず忙しげに働いたり、笑ったりしていた。空は晴れわたり、虫は歌っていた。クリストフだけ不幸だった。何もかも彼には価値のない、くだらないことに思われた。

ある晩、彼は打ちしおれて黙ったまま食卓についていると、一通の手紙が配達された。彼は自分の部屋に入るのももどかしく封を切った。心臓は破裂しそうに打った。それは愛情のこもった数行であった。ミンナは人目を忍んで書いてくれたのであった。彼女は「お懐かしいクリストフ様」と呼んでいた。彼女は、たいへん泣いたことや、毎晩星を眺めていることや、フランクフルトに滞在していることなどを認《したた》めていた。この都会は立派な町で、みごとな商店もあるが、クリストフのことばかり思っているので、何も注意しないと書いてあった。あたしのことばかり考えて、他の人なんかに逢わないようにしてくださいとも乞うていた。有名な人になってくださいとも願っていた。

クリストフは四度読み返してすっかりわかった。疲れて、床につくまで、読み返したり、手紙に接吻したりしていた。それから枕の下に入れた。なくなってはいないかと何べんも探ってみた。悦びに満たされて、朝までぐっすりと眠った。

それから彼は幸福になった。ミンナの愛情に抱かれて暮らした。

彼は返事を書いた。それからは毎日ミンナの手紙を待っていた。本を開けても、散歩に出ても、ミンナのことばかり思っていた。

そのうちにクリストフは、彼が有名になるためにしっかり勉強してくださいというミンナの願いを思い出して、ぼんやり暮らすのが済まなくなった。そこで立派な作曲をしてミンナに捧げようと思いついた。

長い間たたえられ溢れていた池の水が、一気に堤を破ってほとばしり流れるように、クリストフは作曲に熱中した。彼は一週間部屋から出ずに働いた。それはクラリネットと弦楽のための五重奏曲で、第一楽章は青春の希望《ねがい》と欲望《のぞみ》の詩で、終楽章は恋の戯れであった。彼はこの曲のなかに熱情的な処女の魂を描きだした。それはミンナの面影であった。

創作している間、クリストフはミンナのことはおおかた忘れていた。彼は彼女と生活していた。ミンナはもうミンナのなかにはなく、クリストフの心のなかに生きていた。しかし、創作が終わると、彼はふたたび前よりもいっそう強く、孤独を感じた。疲れてがっかりした。

二週間前に手紙を出したのに、ミンナからは何の返事もなかった。彼はまた書いた。自分をもう忘れたのかと冗談らしくミンナを責めた。本当に忘れられたとは夢にも思わなかったので、また、ミンナの筆不精をからかったり、優しいくすぐりを言ったりした。彼はミンナが帰ったら驚かせてやろうと思って、またその好奇心をそそろうとして、遠まわしに作曲のことを仄めかしておいた。その手紙は恋人たちには嬉しい細かな秘密で満ちていた。クリストフは手紙を書き終わるとほっとした。それから手紙の往復にかかる三日の間は落ち着いていた。けれど、四日目からはもう生きがいがなかった。なんにも興味がなく、何をする気もしなかった。郵便の着く時間だけが待たれた。それが無駄に過ぎるともうがっかりして、仕事も散歩もできない。日が暮れ、その日の望みも絶えると、彼は床にはいる元気もなく、口も利かずにぼんやり座っていた。

それでもクリストフはミンナの変わらぬ愛を疑わなかったので、ミンナはきっと病気で死にかかっているか、それとも死んでしまったのかもしれないと考えて、すぐペンを取って第三の手紙を書いた。それは悲しい数行であった。

とうとう四日目の朝、ミンナの手紙が着いた。それは半頁ほどの冷淡な、澄ましたものであった。そしてミンナは、どうしてクリストフがあんな馬鹿げた心配をしたのかわからない、自分は健康でいると書いてあった。それから、手紙を書く暇もないといって、あまり激昂しないように、音信を止してもらいたいと頼んであった。

クリストフは地面へたたきつけられたような気がした。しかし、ミンナの真心を疑わずに、自分が馬鹿な手紙を出したからミンナが怒ったのだと、自分を責めてみた。けれど、ミンナはもう自分ほど強く愛してくれないのだと感じずにはいられなかった。

それから数日を、何とも言われない暗い、淋しい気持ちで暮らした。もうミンナに手紙を書く楽しみもなくなって、惨めに生活していた。

ミンナの帰るはずの日はとうに過ぎていた。クリストフはもうたまらなかった。ミンナは帰る日を知らせてくれる約束だったのに……

ある晩、隣りの家具商のフィッシャーが来て、メルキオールと世間話をしていた。クリストフは郵便配達の来るのをくよくよして待った後で、二階へ上ろうとした瞬間、耳にはさんだひとことにはっとした。フィッシャーは明朝早くからケーリッヒ家に行って、カーテンを付けるのだと言っていた。クリストフは驚いて、訊ねた。

「それじゃ帰ってるの？」

「ふざけるな！　お前もちゃんと知ってるくせに。とっくに帰ってきたじゃないか」とフィッシャー老人はあざ笑いながら言った。

クリストフはもう何も聞こえなかった。彼はすぐ出かけようとした。さっきからそっと彼の様子を覗っていたルイザは廊下まで追いかけてきて、どこへ行くのかとおずおず訊ねた。彼は返事もせずに外に出た。彼はやるせなかった。

彼はケーリッヒ家に駆け込んだ。もう夜の九時だった。夫人と令嬢とは客間にいたが、クリストフを見て驚いたふうもなかった。手紙を書きかけていたミンナは、机越しに握手しただけで、クリストフの消息を聞きながら書きつづけた。クリストフは自分の苦しんだことを打ち明けようと用意していた言葉も、ろくに口に出せなかった。

ミンナは手紙を書き終わると、編物を手にした。そしてクリストフから離れて座って、旅の話を始めた。それはいかにも楽しそうであったが、クリストフには何の興味もなかった、ミンナの眼つきも声もやはり優しそうであったが、彼女は母親の前なのでわざと冷たくしているのかどうかわからなかった。二人だけで話したかったが、夫人は片時もそばを離れなかった。

ミンナはクリストフの話を熱心に聴いているらしかったので、彼は調子にのって話し出そうとすると、ミンナが口に小さい手をあてて欠伸をするのが目にとまった。彼はぱったり話を止めた。彼は帰ろうとしたが、誰も引き止めてくれなかった。明日いらっしゃいとも言ってくれなかった。ミンナは玄関まで送ってもくれなかった。

彼は思いがけないことに胸がつぶれて、家に帰った。二カ月前の彼の愛《いと》しいミンナの面影は少しも残ってはいなかった。いったいどうしたのだ？　ミンナがそんなに変わったとはどうしても信じられなかった。

その夜はまんじりともしないで、彼は朝を待った。そしてミンナの家に出かけた。まず彼が見かけたのは、ミンナではなく、ケーリッヒ夫人であった。バルコニーの植木鉢に水をやっていた夫人は、クリストフの姿をみかけると、あざけるように叫んだ。

「あなたですか！……いいところへいらしたわ。ちょうどお話ししたいことがありますの。待ってください。待ってください……」

夫人はちょっと家に入って、ジョウロを置いて手を拭いた。そして当惑したクリストフの顔を見てにこにこしながら戻ってきた。クリストフは災厄が近づいたのを感じた。

「庭へ行きましょう。静かでしょうから……」

クリストフは愛情でいっぱいになって、ケーリッヒ夫人について庭に行った。夫人は子供の心配を面白がって、わざと急いで話をしなかった。

「あそこへ腰かけましょう」と夫人は言った。二人は、出発の前の日にミンナがクリストフに唇をさし出した腰かけに座った。

「何の話だかご存じでしょう」と夫人は真面目な風をして、クリストフを恐縮させた。

「クリストフさん、わたしはとてもほんととは信じられませんでしたわ。あなたは真面目な方と尊敬しておりました、それにつけこんで、あなたが娘に心を向けなさろうとは夢にも思いませんでした。あなたは娘や私を尊敬し、あなたご自身をも尊重なさるはずでした」

夫人の口調には、かすかなあざけりがこもっていた。ケーリッヒ夫人は子供の恋を少しも重大には思っていなかったが、クリストフにはそれがわからず、この叱言《こごと》を非常に悲劇的に解して胸をえぐられる思いがした。

「でも奥さま……でも奥さま……(彼は眼にいっぱいの涙をたたえて口ごもった) 決してご信頼に付け込んだのじゃありません……そう思わないでください……僕は不正直な人間じゃありません。誓って申します！　ぼくはお嬢さんを愛してるのです、心の底から愛してるのです……ぼくは結婚するつもりです」

「ああお気の毒な……いいえ、そんなことできませんわ。いいえ、そりゃ子供の冗談ですよ」とやさしく言ったが、心の底には蔑みが含まれていたので、クリストフもそのことに気がつきだした。

「なぜです？　なぜです？」

クリストフは、夫人のいつもよりやさしい声にほっとして、まじめに言っているのではあるまいと思って、夫人の両手をとった。夫人はやはりにこにこしながら、

「そのわけはね……」と言った。

ケーリッヒ夫人は、クリストフには財産がないし、ミンナは趣味もちがっていると言った。クリストフは、そんなことはなんでもないことだ、自分は金持ちにも有名にもなります、ミンナさんのほしいものならなんでも得てみせますからと言って逆らった。すると夫人は、頭をふって、

「いいえ、クリストフさん、だめです」ときっぱり言った。「とやかく言うまでもありません、できないことですから、お金のことばかりじゃありません、たくさんのことが！

……身分が……」

夫人はおしまいまで言う必要がなかった。一本の釘がぐさっ！　とクリストフの背筋ま

で突き通したのだ……彼は眼を開いて、やさしい微笑みの皮肉や、親切な眼差しの冷たさを認めた。彼は、自分を可愛がってくれる懐かしいこの夫人と自分とを隔てていることが、にわかにすっかりわかった。夫人の愛情のうちには貧しい自分に対する蔑みと憐れみがこもっていたことをはじめて知った。クリストフは真っ青になって立ち上がった。夫人はやはり優しい声で話していた。しかもすべては終わった！　その言葉の裏にひそむ魂の無情が見抜かれた。彼はひとことの返事もせずに立ち去った。まわりのものがすべてぐるぐる回転していた。

部屋に入ると彼はベッドの上に身を投げだした。怒りと悔しさで体がひきつった。枕を噛んだ。泣き声を他に聞かれまいと口にハンカチをつめ込んだ。ケーリッヒ夫人も、ミンナも憎かった。恥と怒りでぶるぶる慄えた。すぐに返事を出してやろう！　復讐できないなら死んだ方がましだ！

彼は起き上がって、馬鹿な乱暴な手紙を書いた。

奥様

貴女のおっしゃったとおり貴女が私を誤解しておられたかどうかは存じません。しかし私の知りえたことは、私が貴女を非常に誤解していたことでした。私は貴女がたを友だちだと信じておりました。貴女はそうおっしゃったし、そんな様子をしておられました。私は自分の生命よりも貴女がたを愛していました。ところがそれはみんな嘘で、貴女の愛情も偽りにすぎないということがわかりました。貴女は私をもてあそんだのです。私は貴女の慰みになり、気晴らしにもなり、ピアノを弾いてさしあげました。私は貴女の召使ではありません！　私は誰の召使でもないのです！　私には貴女の令嬢を愛する権利がないことを、残酷にも悟らせてくださいました。世界中の何ものも、私の心が愛するものを愛することを妨げることはできません。私は貴女とは身分は違っていますが、貴女と同じように高尚であります。人間を高尚にするのは心です。私は伯爵ではないにしても、多くの伯爵たち以上に名誉を心のなかにもっているかもしれません。召使であろうと、伯爵であろうと、私を侮辱した瞬間から、私は蔑みます。私は高尚な魂を持たないくせに貴族だと自称する者は、誰であろうと泥のように軽蔑します。

さようなら！　貴女は私を誤解しました。私を欺いたのです。私は貴女を嫌います。

この手紙を郵便箱に投げ込むときから、クリストフは後悔しはじめた。ケーリッヒ夫人がどうか本気にしないで、小言ぐらいで恕《ゆる》してくれるといいがと願いつづけて、五日の間不安のうちに待っていた。とうとう来た。

夫人の手紙は簡単で、おたがいの誤解を長引かせないために、絶交する方がよいと述べてあった。もうだめだ！　どうすることもできない。もう、またとミンナには逢えない。

彼は逢うまいと決心した。しかし忍びなかった。屈辱的と知りながら、彼は謝罪の手紙をいくつとなく書いた。しかし何の返事もなかった。何もかもおしまいになった。

4　メルキオールの死

クリストフは自殺しようとした。人を殺そうとも考えた。それは幼い心に起きた愛と憎しみとの苦悶の発作だった。クリストフは少年時代の危機を通過しているのである。

ルイザはクリストフの苦しんでいることを知って、慰めてやりたいと思った。しかし、ルイザはもう長い間、日々の生活《くらし》のことにかまけて、かわいそうにも息子としんみりと話すこともできなかった。クリストフのほんとうの気持ち、その苦しみをも察することもできなかった。何と言って慰めればよいかわからなかった。

傷ついた胸の、深い悲しみを察して、優しく慰めてくれる友だちもないクリストフは、ひとりミンナのことばかり想って恨み、苦しみ悶えていた。

ある夜、家の者が寝静まってから、彼はぼんやり机に向かいながら危険な想いにひたっていた。しんと静まりかえった街に人の足音が近づいてきた。やがてドアを叩く音がした。クリストフはぼんやりしていて、ハッとわれにかえった。ざわざわした聞き取れない声が響いてくる。父がまだ帰っていなかったので、こないだのように、また道で酔いつぶれ倒れていたのを誰かが連れて来てくれたのだろうと、彼は腹立たしく思った。

ルイザは慌ててドアを開けにいった。クリストフはメルキオールの酔っぱらった声や、隣りの人たちの嘲《あざけ》るような言葉を聞くまいとして耳を塞いだ。

しかし彼は急に胸騒ぎがして、原因もないのに慄えだした。やがて耳をつんざくような悲鳴が響いてきた。彼は戸口に飛び出していった。

ちらちらするランプの光に照らされた、ほの暗い廊下で、ひそひそと囁く人に囲まれて、身体がひとつ担架の上で、亡くなった祖父のときのように、じっと横たわって動かなかった。目の前にある体からは水がしたたり落ちていた。メルキオールが水車小屋の小川に落ちて溺れていたのが発見されたのである。ルイザはその担架の枕もとでしゃくり声を上げて泣き崩れていた。

アッ！　とクリストフは叫んだ。目の前から世界のすべてが消えた。これまでの悲しみも消えた。

彼は父のもの言わぬ死骸《なきがら》に抱きついた。母と子は一緒に泣いた。

クリストフがメルキオールの最後の眠りを見守りながらベッドのそばに座っていると——父の顔はいまや厳かな、気高い表情になっていた。——死者の陰うつな静けさが身に沁みるのを覚えた。彼の幼稚な情熱は、熱のように発散してしまった。氷のような死の風がすべてをさらっていった。ミンナも、恋も、自尊心も、彼自身も……ああ！　何という悲惨！

死ということに比べれば、何もかもが何とささいなことだろう！　こんなに苦しんだり、願ったり、もがいたりするのもみんな死に至るためなんだろうか！……

クリストフは眠ったような父の顔を眺めて、しみじみと憐れを覚えた。父は欠点を多くもっていたが、悪人ではなかった。美点も多かった。父は家族を愛した。正直だった。勇敢でもあった。慈悲も深く、道で出会う物乞いに恵んでいた。

クリストフは父を十分理解していなかったことや、愛していなかったことを思い出しながら心苦しかった。

「クリストフ！　わしを軽蔑するなよ！」

という父のこの言葉が耳に響いてきた。クリストフは良心が咎めた。泣きながら死骸となった父に接吻した。

「お父さん、軽蔑なんかしやしません。愛しています！　ごめんなさい！」

しかし無言の顔は苦しげにこの言葉をくり返しているようだった。

「わしを軽蔑するな！　わしを軽蔑するな！……」

突然クリストフは、死者の場にもうひとりの自分が死骸となって横たわっているのが見えた。その言葉が自分自身の口から発せられるのを聞いた。もう永遠にとりかえすことのできぬ、失われた生命《いのち》、その絶望が、彼の胸に重苦しくのしかかってくるのだった。

「ああ！　世界中のすべての苦しみも、すべての悲惨も、死ぬよりはまだましだ！」

なんとクリストフは、死の瀬戸際まで近づいていたことだったろうか――卑怯にも苦悩を逃れようとして、自殺の誘惑にかられていたことだったろうか。

彼ははじめて、人生というものは、情け容赦のない絶え間なく続く戦いで、立派な一人前の人間になるためには、眼に見えぬ多くの敵――自然のすごい破壊力や、心を惑わす欲望や、曖昧な思想や……すべて人間を卑しくし滅ぼそうとするもの――と戦わ

なければならないのだと悟った。もう少しで自分も罠にかかるところだったことに気づいた。恋と幸福は心を手なづけ弱める一時の欺瞞《ぎまん》だと知った。十五歳のこの幼い清教徒は、神の声を聞いた。

「行け、行け、決して休まずに」

「でも神さま、どこへ行きましょう？　何をしても、どこへ行っても、最後はいつも同じ、終末は死でありませんか？」

「死を避けられないおまえたちは死にに行くがいい！　生きることは死ぬこと。生きることは悩むこと。幸せ探しではない。

苦から逃《のが》れられないおまえたちは悩み、苦しみに行くがいい！

生きることは死ぬこと、生きることは幸福であるがためではない。わが掟を果たすために生きているのだ。

苦しめ、死ね。しかし、まずおまえであらねばならぬ——一個の〈人間〉たれ」

あとがき

小書は、二十世紀初頭、フランスの作家ロマン・ロランが音楽家の生涯を描いた大河小説『ジャン・クリストフ』に遡ります。これは創刊されたばかりの文芸雑誌「半月手帖」に約十年にわたって発表されたものです。主人公の〈生誕から死〉までの一生を文学と音楽が融合しながら交響詩的に展開されていきます。刊行されるや世界的反響を呼びおこし三十数か国語に翻訳出版されました。第一次世界大戦中の一九一五年度のノーベル文学賞にも選ばれました。日本でも翻訳が多く出版され読者の心を深くつかみました。『ジャン・クリストフ』を読まないのは青年でないとまでいわれ、日本人に強い影響を与えました。

しかし、いまやロマン・ロランの名前も『ジャン・クリストフ』の名も知らない人が多くなってしまいました。

七十数年前の一九四九年には、各地に「日本ロマン・ロランの友の会」（会長片山敏彦）ができましたが、最後に残ったのが京都でした。それを進化させ、ロランの反戦、ヒューマニズム精神の重要性を後世に伝えようと、財団法人化したのが副会長だった宮本正清でした。こうして一九七一年、財団法人ロマン・ロラン研究所が設立されました。彼は軍国主義に抗し、『魅せられたる魂』など多くの著作を翻訳しました。半世紀を経た今日、関係者はすべて故人となり、その活動にも危機感を覚えざるを得ない現状です。

ヒューマニズムがないがしろにされナショナリストが台頭する今日であればこそ、「どの国の人々であれ　悩み　そして闘かっており　打ち克つであろう自由な魂たちに　捧ぐ」と扉に記されている『ジャン・クリストフ』の感動を再び味わっていただきたくその継承と普及の活動に取り組んでいます。十数年前から読書会に加えて朗読会をしております。特に後者での『ジャン・クリストフ』に関しては宮本正清が児童向けに一九二六、一九四八、一九五五年に抄訳し出版したものをテキストとしております。その当時は翻案、抄訳の短縮版は邪道とされ評価されませんでした。しかし膨大な十巻にもおよぶ大書を読む力が今や失われております。せめて、手軽にロラン精神の入り口を踏んでいただくために、小書の出版を企画いたしましたところ、賛助会員の井上幸子さんが早速賛同をお申し出くださいました。「図書館にも書店にもあのロランが目につくところに並んでいない、老境の身でお金を残しても仕方ないので、ぜひ使ってほしい」と。

物語は、ベートーヴェンの子供時代がモデルになって描かれております。

主人公ジャン・クリストフは封建時代、身分制度に支配され差別と偏見に満ちた社会で父のアルコール中毒と暴力、貧困、差別とありとあらゆる苦難のなかで音楽家への力強い道を自ら切り開いていきます。ゴツゴツ硬く泥臭く不格好な風貌と立ち居振る舞い、およそ「格好いい」とよばれるにはふさわしくない少年です。

幼少時代は「三つ子の魂百まで」の格言のようにのちの人生に深く影響を与えます。「無限の知識を習得することは不可能であり、大切なことは感じることである」という大文豪の名言の如く、作品の真髄に体で触れていただき、感じていただくことを切に念じております。

抄訳、短縮版ですが、翻案の要素を少し濃くし、さらに量的には短縮しました。十年間以上の朗読を通して不適正用語や耳に優しくない表現、何より読みやすくわかりやすさを心がけ修正いたしました。固有名詞表記にも固執することなくフランス的あるいはドイツ的、もしくは日本流の呼び名もあり、多国籍であります。

　文体は大地のなかの木の根っこのように主人公クリストフの生き方とも通ずる元の風合いを大切にいたしました。

　ここに再び世に出すためお力をお与えくださいました中條忍先生、そして読者への大きな窓となる序文をご快諾くださいました野崎歓先生、お二人に深く感謝申し上げます。求めれば変わらず適切なアドヴァイスをくださる守田省吾さん、校正は松田由美子さん、村田まち子さん、作品の普遍的価値を絶えず口にして勇気を与えてくださった金剛育子さん、前回の私家版から関わってくださった関係者はじめ水声社の皆様に厚くお礼申し上げます。最後になりましたがご寄付くださった井上幸子さん、今一度あらためて感謝申し上げます。

二〇二三年一月　　　　　　　　宮本ヱイ子

原作者・翻案者について——

ロマン・ロラン（Romain Rolland）　一八六六年、フランスの中部クラムシーに生まれ、一九四四年に没する。作家、音楽史家。第一次世界大戦中は反戦論を唱え、第二次世界大戦中も反ファシズムをアピールした。文学や芸術の領域で活動するだけでなく、現代社会の不正と戦い、人権擁護と自由を獲得するために政治的・社会的論争を起こし行動した。一九一五年、ノーベル文学賞受賞。主な作品に、大河小説『ジャン・クリストフ』、『魅せられたる魂』をはじめ、『ベートーヴェンの生涯』や『戦いを超えて』、『インド研究』などがあり、そのほか、小説、戯曲、伝記、自伝、評論、日記、書簡などの膨大な著作がある。

＊

宮本正清（みやもとまさきよ）　一八九八年、高知県に生まれ、一九八二年に没する。早稲田大学文学部仏文学科卒業。一九二七年、関西日仏学館（現アンスティチュ・フランセ関西）設立に参画。一九五〇年、大阪市立大学教授。一九六九年、京都精華短期大学（現京都精華大学）教授。一九七一年、財団法人ロマン・ロラン研究所を設立し、初代理事長を務める。主な著書に、詩集『生命の歌』、詩集『焼き殺されたいとし子らへ』、評伝『ロマン・ロラン——思想と芸術』が、ロマン・ロラン作品の訳書に、『魅せられたる魂』、『ピエールとリュース』、『ロマン・ロラン全集』全四十三巻（共訳）などがある。

装幀——滝澤和子

ジャン・クリストフ物語

二〇二三年二月二〇日第一版第一刷印刷　二〇二三年三月一〇日第一版第一刷発行

原作——ロマン・ロラン
翻案——宮本正清
補訂——宮本ヱイ子
発行者——鈴木宏
発行所——株式会社水声社
東京都文京区小石川二—七—五　郵便番号一一二—〇〇〇二
電話〇三—三八一八—六〇四〇　FAX〇三—三八一八—二四三七
［**編集部**］横浜市港北区新吉田東一—七七—一七　郵便番号二二三—〇〇五八
電話〇四五—七一七—五三五六　FAX〇四五—七一七—五三五七
郵便振替〇〇一八〇—四—六五四一〇〇
URL：http://www.suiseisha.net
印刷・製本——精興社

ISBN978-4-8010-0639-3